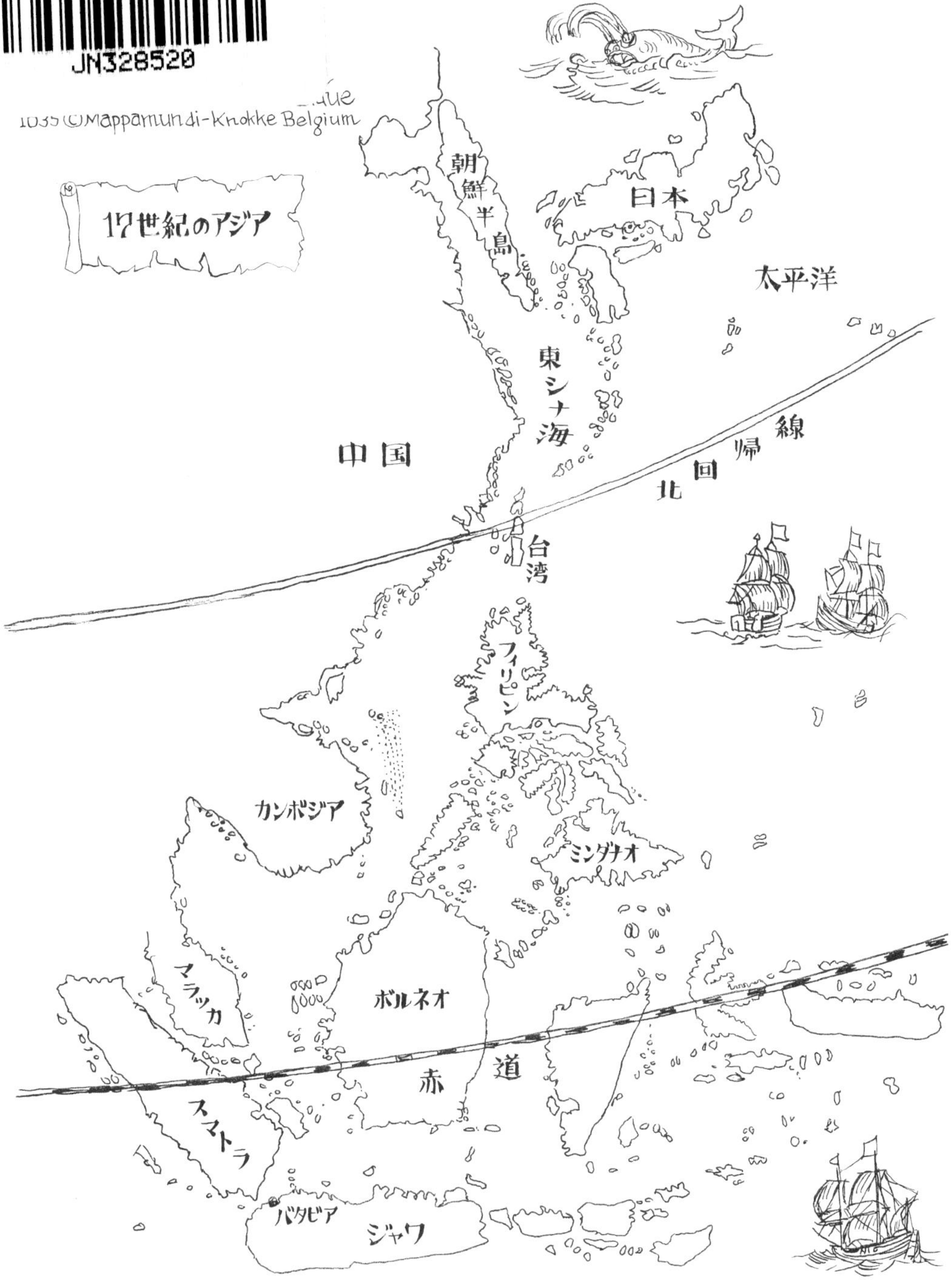
17世紀のアジア
朝鮮半島
日本
太平洋
東シナ海
中国
北回帰線
台湾
フィリピン
カンボジア
ミンダナオ
マラッカ
ボルネオ
赤道
スマトラ
バタビア
ジャワ

少女リブの冒険

青い瞳で見た17世紀の日本と台湾

アニタ・ステイナー＝作・絵
武田和子＝訳

LIV'S ADVENTURES
IN JAPAN AND FORMOSA 1652–1662

悠書館

目次

第Ⅰ部

日本編

―出島から江戸へ―

リブ、見つかる

荒い布目《ぬのめ》の麻袋《あさぶくろ》の穴から外のかすかな光がすけて見えていた。

湿気《しっけ》とカビのかすかなにおいがしていた。東インド会社の船、ペリカン号のなわばしごを父さんがゆっくりと甲板《かんぱん》のほうへ上がっていくあいだ、リブはめまいを感じていた。息苦しかったけれどとても幸せでうれしかった。父さんがついに根負《こんま》けして、出島《でじま》でいっしょに住むためにジャワから日本への長い航海《こうかい》を許してくれたからだ。

「動くんじゃないぞリブ、がまんするんだ」父さんは麻袋をやっと甲板に置くことができた。

「ダーク、袋の中に何があるんだ？」だれかが大声でさけぶ声が聞こえた。

リブは袋の中で布目の穴のひとつから外をのぞいた。ふたつの目にまっすぐ見つめられたように思った。

「今すぐあけるんだ！」声の主《ぬし》はふたたびさけんだ。リブはふるえた。

「しまった、困ったぞ」父さんはつぶやいた。「ペリカン号はまだ錨《いかり》をあげてもいないのに」リブはできるだけからだを小さくしていた。

「あけろ！」おそろしく激《はげ》しいどなり声がまた聞こえた。恐怖《きょうふ》でおそれおののきながら、リブは袋《ふくろ》の中からゆっくりと甲板へはいだした。彼女はそっと見あげた。そこにスウェーデン人のフレデリック・コイエットが立っていた。父さんをオランダ東インド会社にやとったのが彼だったのだ。

「きみは正気なのかね？」コイエットはリブをひとめ見るなり怒《いか》りの声をあげた。船じゅうが静まりかえった。それから乗組員《のりくみいん》たちがリブを見ようと走ってきた。

「船に乗りこんできたネズミとやらはこいつかい？」

だれかが言うのが聞こえた。

「こんなやせっぽちの女の子と日本まで航海する気かね。陸へもどすんだ。わかったかダーク。さもなくばふたりともぶちのめしてやるぞ！」コイエットは顔を真《ま》っ赤《か》にしてどなった。

「わしはばかだった」父さんはため息をついた。

「娘をたったひとりでジャワに残しておけなかったんです。母親が死んでしまい、娘はまだ十二歳《さい》なんだ」

「ごめんなさい」リブはやっと言った。

「わたしが言い張ったので父さんがしかたなく承知したんです。父さんごめんなさい。わたしもどります」

「ダーク、会社に入るとき、おまえの保証人《ほしょうにん》になってやったのを忘れたのか？」

コイエットは続けた。

「おまえが〝野うさぎ号〟の一等航海士《こうかいし》をぶちのめしたあと、またあんたをやとうのは容易ではなかったんだぞ。だがバタビアでわたしが強盗《ごうとう》におそわれて棍棒《こんぼう》でなぐられたとき、命を救ってくれたからな。わたしはあんたをやとうのをあきらめなかったんだ」

「わたし、裁縫《さいほう》もできるしお皿を洗ったり洗濯《せんたく》もできます」

リブは首をかしげてできる限りのあわれっぽいしぐさでうったえた。

「それにわたし、日本語もできます」

「日本語だって？」コイエットはその目に好奇心をのぞかせた。

「母さんが日本人だったんです」

「ああなるほど、きみは青いひとみなのに日本人みたいな顔をしているわけがわかったよ。だがそのことは危険でもあるんだよ。日本語を話せるヨーロッパ人は出島に住むことを禁じられているんだ。しかしもしかしたら役に立つかもしれんぞ。とにかく日本人に見つかったら殺されるかもしれないんだ。父さんもいっしょにね」

リブは口がからからになるのを感じた。

「わたし、サムライのように名誉《めいよ》にかけて誓《ちか》います」

と彼女は言った。

「サムライの名誉？」父さんがびっくりして言った。

「おまえはサムライではないではないか」

「ええ、でも約束を守るためにはわかりやすいと思ったから」

コイエットの口もとにほほえみが浮《う》かんだ。

リブのおじいさんがもし侍《さむらい》だったらと考えてみよう。だとすると、彼はリブや父さんの髪《かみ》の毛一本だってだれかに傷つけさせはしないだろう。おじいさんは大きな刀を持って駆《か》けつけて、ふたりのために戦ってくれるだろう。

「とにかく船長に話してみよう」とコイエットは言った。

「きみを陸にもどすにはもう遅すぎる。ペリカン号は出航してしまった。娘を船員たちに近づけるな。あいつらはめっぽ

う荒っぽいからな。日本へは危険な航海なんだよ。海賊《かいぞく》の国姓爺《こくせんや》が中国沿岸《ちゅうごく》のどこかにかくれているんだ。あんたはこんな小さな娘を連れていく危険を考えたのかね」

「そんなこと考えもしなかった」リブは父さんがつぶやくのを聞いた。

「ありがとうございます、コイエットさん。お礼を言いきれないくらいです」

「これでおれたちは平等になったぞ。だがふるまいに気をつけろ。ペリカン号の上では争いは禁物《きんもつ》だ。今度やったらこうはいかないぞ。おれの気持ちが変わらないうちに今すぐ消えうせろ」

リブは父さんのやさしい手をとり、その手を強くにぎりしめながらふたりはそこをはなれた。

父さんは手をにぎりかえしてくれた。

甲板《かんぱん》の手すりのところにひとりの少年がふたりを見つめて立っていた。少年はリブを見るとうなづいた。

「父さん、近所のオーラフっていう男の子がいるわ」

喜びとおどろきでいっぱいになりながらリブは言った。リブが自分に気づいたことを知るとオーラフはにっこりほほえんだ。

彼は茶色のもじゃもじゃ髪《がみ》を手でなでおろすとふたりのほうへやってきた。

「オーラフはわたしが日本語ができることを知っているわ」

リブは父さんにささやいた。

父さんはしばらくオーラフを真剣《しんけん》なまなざしでじっと見つめていた。それからオーラフの腕《うで》

をつかむと低い声で言った。

「もしリブが日本語がわかることをひとことでも言ってみろ。おまえをサメの餌《えさ》にしちまうぞ。みんなの命がかかっているんだからな」

オーラフは青くなった。「ぼく約束します」

彼はなんとか答えようとして両手をズボンでふいてから、きれいになった手を誓《ちか》うようにさしだした。

「よろしい」と父さんが言った。

その約束ののち、オーラフとリブはともだちになった。ふたりのこどものお気に入りの場所は船尾《せんび》甲板の階段の下にある箱型のニワトリ小屋に腰《こし》かけることだった。そこでふたりは手を取りあってすわっていた。だが、だれかがやってくると追いたてられてしまうのだった。

ある日ふたりがニワトリ小屋にすわっていると、

父さんが来て大声で言った。

「ミヨが国姓爺《こくせんや》についてなんて言ったか、コイエットが知りたいんだそうだ。今すぐ彼のところに行ってくれ」

リブは立ちあがった。父さんが母さんの名前を口にしたのはここ数年で初めてのことだった。リブが部屋に入っていくと、コイエットは親しげな笑みを浮《う》かべた。もう怒《おこ》っていないように見えた。彼がしゃべりだしたときコートの金ボタンが光った。

「血に飢《う》えた海賊《かいぞく》国姓爺について、きみはどんなことを知っているのかね？　きみの父親が言っていたけれど、あんたの母親はこどものころ、彼を知っていたそうだね。」

リブはおどろいた。血に飢えた海賊ですって？

「母さんは言っていました。国姓爺は親切な人

で正義のために戦っているんだって。国姓爺のお父さんは彼が7歳のときに日本から中国へ連れていったんです。彼のお母さんは泣きつづけたそうです」リブはそう言うと息をのみこんだ。

「国姓爺は台湾海峡《たいわんかいきょう》でひどくあばれまわっているんだ。彼の父親は東インド会社の船を何年も苦しめてきたんだよ」コイエットはため息をついて考え深そうに片手であごをなでた。

「ダーク、マデイラを一杯《いっぱい》持ってきてくれないか。そうしたらもう行ってよろしい」

リブはハンモックに横たわってねむろうとしていた。母さんが恋《こい》しかった。

母さんは国姓爺がやさしかったと言っていた。彼もどんなにお母さんが恋しかっただろう。

父さんがハンモックの前に張りわたしておいた麻布をリブはカーテンのように引き寄せた。

船員たちのにおいはそれほど強くなかったけれど、そのいびきは帆《ほ》布の向こうから単調なひびきとなって聞こえてきた。

国姓爺もお母さんのことを想《おも》うときやっぱり泣くのだろうかとリブは考えていた。船腹《せんぷく》におだやかにぶつかる波にゆられながらリブはねむりにおちていった。

見はり番が高いマストの上の見はり台から大声でさけんで指さした。島かげから現われた一隻《せき》の大きなジャンク船（平底帆船《ひらぞこはんせん》）が進んできた。

大さわぎが起こった。国姓爺だろうか。

「大砲《たいほう》に弾丸《だんがん》をつめろ！」船長がどなった。

だが、ゆっくり近づいてきたのは大きな中国《ちゅうごく》の交易ジャンク船だった。ペリカン号は長崎《ながさき》に近づいていた。

リブはもっとよく見ようと樽《たる》の上に飛びのった。オーラフがリブのところへやってきた。

「樽からおりろよ！」とオーラフは非難《ひなん》するように小声《こごえ》で言った。リブはびっくりして樽から飛びおりた。

「船員たちの十字架《じゅうじか》やバイブルがこの樽につめてあるんだよ」とオーラフが説明した。

「なぜ？」

「なぜって、もし日本人がキリスト教に関係するものを見つけたら、ぼくたちは死刑《しけい》にされるんだよ」

「コイエットも同意してるの？」

「彼は従わなくちゃいけないんだ。会社は出島以外では交易してはいけないんだよ。もうすぐ日本人が乗船してきてペリカン号を検査するんだ」

オーラフの茶色の目は興奮《こうふん》してかがやいていた。

ペリカン号は長崎港へのせまい入り口を威風堂々《いふうどうどう》と航行していった。

「耳をふさげ」とオーラフがさけんだ。「船から礼砲《れいほう》を撃《う》つぞ」

港口を通過しながら大砲《たいほう》が十五回とどろいた。リブは耳がつぶれるかと思った。錨《いかり》ががちゃがちゃと音をたて、ペリカン号はゆっくりと止まった。

とつぜん、船は日本人でいっぱいになっていた。そして船の寸法を計り、樽《たる》を封印《ふういん》した。日本人は背が低く、父さんよりももっと低いとリブは思った。彼らは親指がはなれている靴下《くつした》（足袋《たび》のこと）と、ヤシの繊維《せんい》で編《あ》んだような靴《くつ》（草鞋《ぞうり》のこと）をはいていた。甲板《かんぱん》を歩きまわっているあいだ、衣服からかすかなきぬずれの音が聞こえていた。

「あの人たちはペリカン号をどこかに移そうとしているの、オーラフ？」

リブはこぶしをにぎりしめながら小声《こごえ》で聞いた。

彼らは樽や帆《ほ》やはしごを船から持ちだしていた。

「心配するな、帰るときには全部もどしてくれるんだって水夫長が言ってたよ」

「やつらの丸い目と長い鼻はなんてみっともないんだ」

ひとりの日本人がバカにしたように言うのをリ

ブはきいた。

「それにやつらのくさいこと、あそこにいる女の子は青い目をしているけど日本人に似てるね。だけどやっぱりくさいよ」

リブは赤くなった。確かにリブは何週間も風呂《ふろ》に入っていなかった。

日本人のひとりが彼女をジロジロ見ていた。その男はただひとり、黒い長靴下のまわりに黄色い細ひもを巻いていた（脚絆《きゃはん》のこと）。リブの背すじをふるえが走った。

「あなたは出島《でじま》に行けないの？」リブはオーラフのほうを向き、説得《せっとく》するように言って、彼の手を取った。

「ぼくは船で働かなくちゃならないんだ。船は台湾《たいわん》のタヨアンまで航海して、米や砂糖や中国《ちゅうごく》からきた陶器《とうき》を積みこんでくるんだよ。その船で必ずきみを迎《むか》えにもどってくるからね」

これから一年間はオーラフと会えなくなるのだ。リブはなみだをこらえてオーラフと長いあいだ抱《だ》きあった。リブはとてもさびしくなると思った。

下働きの少年たちがニヤニヤしてはやしたてるのもかまわず、オーラフもリブを抱きしめた。

「一年はそんなに長くないよ、リブ」

一行を出島《でじま》へ連れていく小舟に乗り移るとき、父さんはリブを助けながらなぐさめるように言った。

「日本語がわかることを通詞《つうじ》（通訳のこと）たちに知られてはいけないよ。みなの命がかかっているんだからね」
暑さにもかかわらず、リブは首のあたりにゾッとする寒けを感じた。

出島《でじま》に閉じこめられて

番兵《ばんぺい》が大きな灰色の扉《とびら》のかんぬきを外した。扉は一行のうしろでバタンと音をたてて閉まった。

リブはあたりを見まわした。家並《やな》みはバタビアの故郷にある屋敷町《やしきまち》の一画に似ていた。

少しはなれたところに公園があるのが見えた。数本の木々が出島を取り囲んでいる高い塀《へい》のほうにかたむいて立っていた。

「リブ、握手《あくしゅ》だ！ わしらはあそこにあるあの家に住むんだよ。それぞれの部屋もあるんだ」

父さんはズボンのほこりをはらい落としてから茶色い屋根の白い家のほうを指さした。

リブの部屋にはベッドがあった。ジャワでは床《ゆか》の上に寝《ね》ていたのだ。ベッドの下には青い花が描《えが》かれた白い壺《つぼ》が置いてあった。窓の前の小机には白い洗面器と青い水さしが置いてあった。外のハーブガーデンでは小鳥が餌《えさ》をついばんでいた。皿や鍋《なべ》の音があいた窓から聞こえてきておいしそうなにおいがただよってきた。

父さんが通路のほうから顔をのぞかせた。暑さのために赤毛が頭にベッタリと張りつき、その澄《す》んだ青いひとみはかがやいていた。

「コックがハーブをほしいそうだよ。急いでキッチンへ行きなさい。それからコイエットはおまえに通詞《つうじ》の言葉をよく聞いておいてほしいそうだよ」

「父さん、わたしスパイになるのはいやよ」

「コイエットがわしらを船に置いてくれたのは、おまえが日本語がわかるからだってことをわかっているんだろうな。そのことを忘れるんじゃないぞ。コイエットは通詞たちを信用していないんだよ」

リブは歩きながらため息をついた。コックがほしいのはタイムとコリアンダーとキダチハッカだった。それをちゃんと見つけられるかしらとリブは思った。全部の種類を少しずつ摘《つ》めば、コックが選んでくれるだろう。リブは膝《ひざ》をつき、何種類かのハーブの葉を指のあいだにはさん

で揉《も》んでみた。深く息を吸いこむと、ここちよい新鮮《しんせん》な香りが漂ってきた。うしろでかすかな気配がした。一頭の鹿《しか》が用心深く近づいてきた。
「ちょっと待っていて。すぐにもどってくるから」リブはささやくように言った。
小さな潅木《かんぼく》の向こうにとまっていた孔雀《くじゃく》は、リブが走っていくとビックリして鳴き立てながら逃《に》げだした。リブがテーブルの上に全部の種類のハーブを置くと、コックは笑いだした。
彼はひとつひとつのハーブのにおいをリブにかがせて、その名前を教えてくれた。それからリブのエプロンのポケットの中に、鹿にやるパンの切れはしをいくつか入れてくれた。

リブがもどってくると、何頭かの鹿の群れが待っていた。
「あなたたち、甲板《かんぱん》を洗っていたときのオーラフみたいなにおいがするわ」

オーラフがいなくなって、リブはもうさびしい気持ちになっていた。


ある晩、三人の通詞《つうじ》が壁《かべ》の近くで立ち話をしているのを、リブはぐうぜん見かけた。リブは木のかげにかくれて耳をかたむけていた。あたりを見まわすと、窓のひとつにコイエットの姿がのぞいた。

コイエットが前かがみになって外を見たとき、長い金髪《きんぱつ》が光を受けてかがやいた。父さんがコイエットのうしろに現われたが、ふたりはリブのほうに身ぶりで、そこから去るように合図していた。

リブが近くまで来ると、父さんは窓をあけて外へ身を乗りだし、ささやいた。

「リブ、聞いているということをあからさまにやつらに見せるんじゃないぞ。コイエットはおまえが報告したことを喜んでいるけれどね。なぜならおまえは通詞が省略

したところをちゃんと付け足したものな」

「父さん、通詞がいま言ってたんだけど、今夜長崎《ながさき》じゅうに灯がともるんだって。わたし見てみたいわ！」

リブは窓に向かって熱心にさけんだ。

「静かにしろ、リブ！」

父さんは不安げにしかりつけた。コイエットは立ちあがってけわしい目つきでリブを見た。リブはくちびるをかんだ。考えてみたら、もし通詞たちが自分の言葉を聞いていたらどんなことになるか。リブは汗ばんだ手をエプロンでふき、はずかしさのあまり公園のほうへ歩いていった。

「だけどやっぱりわたし、長崎じゅうに灯がともるのを見てみたいわ」

リブはつぶやいた。

その夜、リブはそっとしのび出ると、潅木《かんぼく》のかげにかくしておいたはしごを持ってきた。最初、壁に立てかけようとすると、はしごはひっくり返ってリブの上に落ちかかった。二度目もうまくいかなかった。三度目にやっとしっかり立てかけることができた。

はしごをのぼり始めたとき、何か黒いものがはしごを押しているような気がした。かがんでみると、それは一頭の鹿《しか》だった。

リブは背中を丸くして、なるべく壁から飛び出て見えないように気をつけた。壁は太陽の熱を残してまだ暖かかった。

そのときとつぜん、心臓の動悸《どうき》が止まるかと思うくらいおどろいた。見張りの番兵《ばんぺい》が近づいてきたのだ。番兵はちょうどリブの下で立ち止まった。

その瞬間《しゅんかん》、リブの胸は音高く動悸して、長崎《ながさき》の街じゅうに聞こえているのではないかと思うほどだった。リブはつま先まで硬直《こうちょく》して息もできなかった。

やがて番兵はゆっくり歩きだした。リブは頭を動かして、番兵が去っていくのを見守った。番兵は肩に長い弓矢をかけ、長い刀をさして、とてもこわそうに見えた。リブはふたたび長崎の街を見わたした。ちょうちんが長い列になって街の通りにつるされていた。

リブは気楽になって、美しいながめを楽しんだ。夜風が歌声を運んできた。人びとは闇《やみ》の中で大きなちょうちんを左右にふっていた。人びとのかげは家々の壁の上でおどっている精霊《せいれい》のように見えた。

あまりにもその光景に夢中になっていたので、ひとりの男がはしごをゆっくりとはいあがってくるのに、リブは気づかなかった。とつぜん、リブはだれかに腕《うで》をつかまれた。

「ここで何やってるんだ、ばかもの！」

荒っぽいささやき声が聞こえた。父さんだった。怒《おこ》りながらもやっと娘を見つけてホッとしてもいた。

「見て、父さん」

おどろきから立ち直るとリブは小声で言った。

「見て、なんてきれいなんだろう。長崎《ながさき》じゅうがかがやいているわ」

「ああ、きれいだ。だが見つかる前にすぐにおりてこい」

ふたりが公園の暗闇《くらやみ》の中を帰っていくあいだ、リブは父さんの手をしっかりにぎっていた。

「父さん、通詞《つうじ》が言ってたんだけど、灯りをともすのは死者の霊《れい》をなぐさめるためなんだって。わたしたちも母さんのためにやっちゃいけない？」

父さんがため息をつくのが聞こえたけれど、それでも父さんはうなづいた。それからふたりはランプの灯をともして、長いあいだ静かにすわっていた。

「おまえはとても母さんに似てるよ」

父さんが言った。

「同じ長い黒髪《くろかみ》、同じ高いほお骨、それに小さな口。だがその青いひとみ、それはわたしからのものだ」

父さんは満足そうに結論をくだした。

リブはベッドに横たわりながら、ドアの外で父さんが行ったり来たりしている足音を聞いていた。とうとう父さんは部屋に入ってきてベッドのはしに腰《こし》かけた。

「コイエットは明日将軍に敬意を表《ひょう》しに江戸へ出発するんだ」

父さんは深いため息をついて言った。

「わたしはコイエットについていかなければならない。わたしたちは二か月近く帰ってこれないんだよ」

「じゃあわたしはどうなるの？」リブはベッドに起きあがった。

「旅にいっしょに連れていく努力はしているんだ」父さんはもう一度ため息をついた。

「だがな、おまえにはこの旅は大変すぎるんだよ。道中《どうちゅう》ずっと馬に乗っていくんだ」

リブは怒《おこ》って眉《まゆ》をひそめた。

「ここにひとりで残りたくない。わたしも馬に乗っていく」

「長崎奉行《ながさきぶぎょう》に、おまえを同行させる許可を願い出なければならないんだ。それは簡単ではないんだよ。だがコイエットは努力してくれている」

リブは怒《おこ》っていたけれど、父さんがやさしく

ほおをたたき、髪《かみ》をなでるのを感じていた。

ドアの外では父さんがつぶやくように言っているのが聞こえた。

「もしリブが出島《でじま》にひとりで残ったら、いったいどういうことになるだろうか。こんな閉《と》ざされた牢屋《ろうや》に娘を連れてくるなんて、おれはなんてばかだったんだろう。リブはバタビアにいたほうがよかったんだ」

リブはベッドで何度も寝《ね》がえりをうっていた。

ここにずっとひとりぼっちでわたしは何をしたらいいの？　ほおにはなみだが流れ、すすり泣きながら彼女は考えていた。もしわたしが日本語を話せることを知ったら、日本人はわたしを殺すわ。そうしたら国姓爺《こくせんや》が出島を攻撃《こうげき》するでしょう。彼はヨーロッパ人を憎《にく》んでいるもの。

リブは腹ばいになったり、あお向けになったり横向きになって横たわっていた。明け方まで一睡《いっすい》もできなかった。

きっと父さんも考えながら目をさまして横になっているわ。

父さんは朝食のとき、つかれているように見えた。

スパイがいる

出島《でじま》の門がにぶくきしんだ音をたてながら開いた。馬に乗った一行が足ばやに橋を渡っていくのを、いかめしい侍《さむらい》たちが見守っていた。

一行は大きな帆船《はんせん》の待つ海岸に連れていかれた。その船を漕《こ》ぐ船乗りたちは灰色のハチマキ、短かく青い半天《はんてん》を着て、腰《こし》のまわりに幅《はば》広の黒い帯をしていた。そしてはだしにわらの靴《くつ》（わらじのこと）をはいていた。

リブは櫓《ろ》の数を四〇本までは数えることができた。風が帆《ほ》をふくらませ、船はすべるように走りだした。目の前に崖《がけ》や数えきれないほどたくさんの緑の島々が広がっていた。

「父さん、ロープがペリカン号のとはちがうわ。これは黄色くて光っているもの」

「これは竹の繊維《せんい》を編《あ》んだもので、とても強いんだよ」父さんが答えた。

「向かい風にはどうやって進むの」

「そのときは進めないんだよ。向かい風のときには漕《こ》ぐんだ」

コイエットはダークがリブの質問に答えるのを助けてくれた。そしてリブを見てほほえんだ。

「きみは日本人によく似ているね。お父さんがきみをいっしょに連れていけるよう、わたしは奉行《ぶぎょう》に贈《おく》りものをしなければならなかったんだがね」

「ありがとうございます」

リブは感謝してコイエットを見あげた。なんてはきごこちのよい靴下《くつした》だろう。リブは足を見おろして親指をピクピク動かしてみた。木のサンダルも気持ちがよかった。母さんが靴下のことを〝たび〟、サンダルのことを〝げた〟と言っていたのを思いだした。リブはあまり人の注意を引かないように、日本の着物を着るようにと言われていた。

リブの荷箱には雨ガッパ、乗馬用具、毛布、まくら、母さんが畳《たたみ》と呼んでいたゴザ、寝《ね》るときにはこれを敷《し》き、それにふとんも入っていた。

リブのおなかは幸せでむずむずして、くすぐったいほどだった。

「わたし、母さんの日本を見にいくんだわ」心が歌っていた。

コックがリブのすぐそばにやってきた。

「黒い長靴下《くつした》に黄色いひもを巻きつけた男がさぐりまわっているのを見たんだ。国姓爺《こくせんや》からのスパイにちがいないよ。やつは東インド会社を嫌《きら》っているんだ。おれたちは両目をしっかりあけていなくちゃいけないよ」

生あたたかい風の中でリブはふるえた。


大きなちょうちんが夜の闇《やみ》を照らしていた。

「平戸《ひらど》港の桟橋《さんばし》だ。今夜はここに停泊《ていはく》するんだよ」

リブには父さんが悲しそうに見えた。

「ここは母さんに会ったところなの？」

「ああ、ときどき茶屋に行っていたんだ。そこにきれいな娘がいてね。甘いお菓子を出してくれた。わたしはすぐにその娘を好きになった。ある日聞いたんだ。わたしといっしょにジャワに来てくれないかって」

「上陸しておばあちゃんとおじいちゃんに会いに行きましょう」

「いいや、わたしたちは上陸を許されていないんだよ。東インド会社は平戸から追い出されたんだ。それに母さんの両親が生きているかどうかもわからん。そのかわり、ジャワに帰ったらアムステルダムまで航海《こうかい》して、父さんのほうのおじいちゃんとおばあちゃんに会いに行こう」

激しい雨が彼の言葉をさえぎった。みんなはゴザの下にもぐりこんだ。それは船員たちが雨をふせぐために大急ぎで広げたものだった。彼らが手に持っているちょうちんがやわらかなピンク色の光を投げかけていた。リブは父さんに寄りかかった。

「わたし、おばあちゃんに会いにいくのね。アムステルダムのおじいちゃんとおばあちゃんにね」

リブは幸せそうに言った。

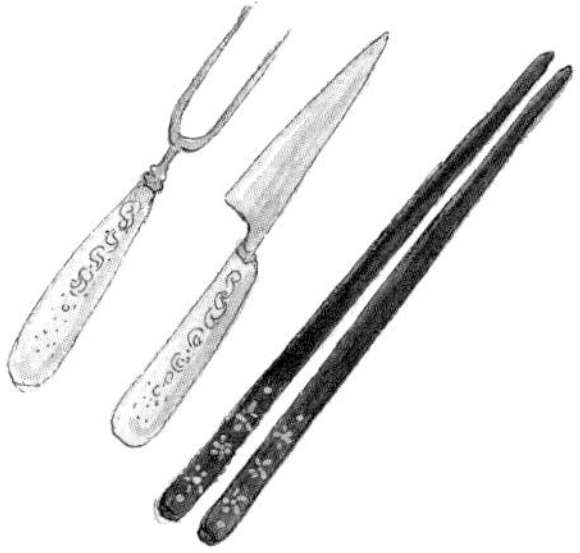

ゴザが勢いよく引きはがされて、リブは目をさました。帆《ほ》が上げられた。雨あがりのいいにおいがした。海は灰色にひろがり、彼らの前にたゆたっていた。リブはマストからしたたり落ちる雨のしずくを顔になでつけた。それは新鮮でリブの目をさまさせた。

カモメが帆のはためきにおどろいて飛びたち、船は速度をあげた。魚がものめずらしげに水の中から飛びあがった。砦《とりで》や城がうしろへうしろへと霧《きり》の中へ消えていった。

コックはご飯、刺《さ》し身《み》、みそ汁とお茶を出してくれた。お茶は緑色でおいしく、母さんが入れてくれたのを思いだした。コイエットは錫《すず》の皿から銀のナイフとフォークで食べた。父さんとリブは箸《はし》と木の皿を使った。だが彼らは同じテーブルで食事をした。

リブは手すりのところに静かに立って、日の光がゆっくりとかすんでいくのをながめていた。

「とうとう兵庫《ひょうご》についたよ」父さんが言った。

「ちっぽけな船で十五日間もね。楽ではなかったがおまえは立派にやりとげたね、リブ」

父さんはリブの肩をポンとたたいた。

「明日、大坂《おおさか》から貿易商がわたしたちを迎《むか》えにやってくるんだ。わたしたちはその人の宿屋に泊まることになっている。コイエットは東インド会社のためにお椀《わん》や扇子《せんす》を注文するんだよ」

父さんが続けた。

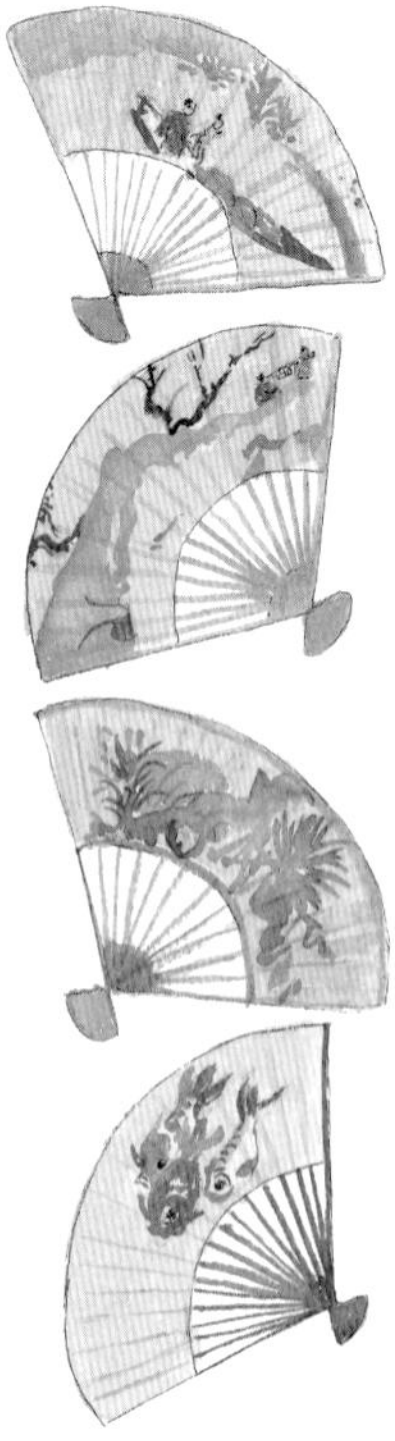

人びとの敵意

大坂城《おおさか》はその下の道を歩いている人びとの上に空高くそびえ立っていた。ひとすじの光線が破風《はふ》に反射していた。太陽がほの暗い朝の光の中でかがやき始めていた。船はゆっくりと港へ入っていった。

「異人《いじん》だ！」

上陸すると桟橋《さんばし》の上の群集がさけんだ。

イジンとは外国人のことだ。

リブには威嚇《いかく》する人びとの顔がおそろしかった。

「急げ！」通詞《つうじ》がさけんだ。

「おれのベルトをつかむんだ、リブ！」

父さんがさけんで走りだした。石が飛んできた。父さんはうまく身をかわした。みな、走りに走った。宿屋の主人はコイエットを助けていた。

やっと一行は宿屋にたどりつき、低い茅葺《かやぶ》き屋根に護《まも》られて休むことができた。リブは父さんのそばで息を切らして立ち止まった。それは今までに経験したことのない最悪のできごとだった。

「おそろしかった」父さんがふるえながら言った。

「外国人の貿易商は日本ではあんまり好かれないんだよ」

コイエットが言って、帽子《ぼうし》の羽飾《かざ》りを直した。宿の主人は息切れしながら、低くおじぎをして人びとの仕打ちをあやまった。

「いらっしゃいませ」

宿のおかみさんがあいさつした。彼女はちょうど大急ぎでつんのめるように出てきて、やはり深くおじぎをしたのだった。おじぎは歓迎《かんげい》の意味なんだとリブは理解した。リブがおじぎを返したとき、竹やぶの向こうに何か黄色いものを身につけた黒い人かげを見たように思った。

宿屋では主人とおかみさんのうしろに若い娘たちが一列に並んで立っていた。娘たちは口もとを手でおおいながら、クスクス笑いをかみ殺していた。リブには自分が彼女たちの目におかしく映っているのだということがわかった。

リブは頭をふって、身ぶりでそれに抗議《こうぎ》した。自分たちこそ、かたくて黒いびんのりでかためた髪《かみ》と、ちょこちょこした歩き方でこっけいじゃないか。おまけに娘たちは厚化粧《あつげしょう》をしていた。まるで顔じゅうおしろいの粉をまぶしているみたいだ。

彼女たちはみな、青い絹地に鳥と花を赤と黄で描《えが》いた同じ模様の着物を着ていた。

「気にするな。娘たちはいつも笑っているんだ」

父さんが言ってはげますようにリブの背中をちょっと押した。

「わたしたちはお茶に呼ばれているが、おまえは夕食の前に風呂に入れるよ」

おかみさんが美しい竹の茶せんを用意して緑の粉を小さなうつわに入れ、熱い湯をそそぎ、激しくかきまわした。茶は苦い味がすると思った。おかみさんが手をたたくと、娘たちがやってきて、みなに部屋を案内してくれた。リブは袋《ふくろ》からゆかたとやわらかいタオルを取りだした。

娘たちのひとりが風呂場《ふろば》の引き戸の前に下駄《げた》をおいた。風呂場に入る前に下駄に取りかえるってことね、とリブは考えた。

リブは木の腰《こし》かけにすわり、母さんが以前教えてくれたように石鹸《せっけん》でていねいにからだを洗った。それから石鹸を洗いおとし、熱い湯に入った。とても熱かったがゆったりとしたすばらしい気分が全身に広がった。リブは目をつぶった。とつぜん熱さががまんできないほどになった。フウフウいいながら、湯からはいだした。

引き戸の外で声が聞こえた。

「将軍に会うのをやめさせたほうがいい。東海道《とうかいどう》も山中は危険だ」

リブが部屋にもどってくると、父さんとコイエットは夕食のテーブルについていた。ふたりとも赤くなっていて幸せそうだった。

「だれかが言ってたんだけど……」

リブが言いかけると、父さんがその言葉をさえぎった。

「乾杯《かんぱい》、リブ。わしの酒を飲め。米でできた酒だよ」

酒の味は全然好きじゃない、とリブは思った。それは温かくて強かった。リブはむせてせきこんだので苦しかった。

新しい皿が運ばれてくるたびに別の娘が入ってきて、クスクス笑いながら出ていった。

「娘たちみながわたしたちを見たがっているみたいだね」

そう言ってコイエットは服のひだ飾《かざ》りを直した。

女たちが運んできたごちそうを見て、リブの口にはつばがわいてきた。それはご飯、刺《さ》し身《み》、醬油《しょうゆ》、焼き栗と、そのほかたくさんの小皿に入ったものだった。リブはごちそうをこれ以上は入らないくらいおなかいっぱい食べた。デザートには小さな黄色い果物と緑茶が出た。

「これはみかんだよ」コイエットは言って、リブにいくふさか分けてくれた。

リブはふとんの上に気持ちよく横になった。頭の下にはもみがらのまくらがあった。手足をのばすと世界じゅうで最高のベッドだと思った。外に生えている竹が風にそよいでゆっくりしなっていた。うすい紙の障子《しょうじ》の上に、美しい模様のかげが映っていた。あたりに静けさが満ちていた。外では馬が足踏《ぶ》みをしていないないた。

「おはようございます」と言う声が聞こえた。

「グッドモーニング」リブはつぶやいた。

「わたし、日本を旅しているんだわ」

満足感が体じゅうに広がるのを感じながら、リブは手足を思いきりのばした。

土間《どま》におりて朝食の間《ま》に行くと、ひとりの娘が障子《しょうじ》をあけておじぎをし、すわるようにうながした。リブは下駄《げた》をぬぎ、やわらかな畳《たたみ》の上をつま先立ちして歩いた。

リブは大喜びで食卓をのぞきこんだ。低いお膳《ぜん》の上にいくつか黒や赤に塗《ぬ》られたうつわがあり、その中においしそうなごちそうが少しずつ入っていた。漆器《しっき》のひとつにはコロコロしたなま卵が入っているのをリブは横目でながめた。給仕《きゅうじ》の娘は笑いながら、茶わんの中でご飯と卵をどうやってまぜるかをやってみせてくれた。それから小さな刺《さ》し身《み》を取り、醤油《しょうゆ》の入った皿に入れた。大きなご飯のおひつからおいしそうなにおいが立ちのぼり、美しい急須《きゅうす》の中のジャスミン茶の香りととけあっていた。

母さんが以前言っていたけれど、お姉さんが長崎《ながさき》で地面に掘った大きな穴の中で急須を焼いていたって。母さんはそのためによく薪《まき》を集めていたそうだ。〝楽焼《らくや》き〟と、母さんが言っていたことをリブは思いだした。たぶんこの急須をつくったのはリブのおばさんなんだわ。

リブのうしろで客たちが話していた。

「国姓爺《こくせんや》は満州《まんしゅう》を攻《せ》めて勝ち進んでいるようだ。国姓爺の軍を見るやいなや、やつらは野うさぎみたいに逃げてしまった。彼の父親の部下たちが国姓爺を助けたそうだよ。江戸では家綱《いえつな》が将軍になって、それから……」

リブはあたりを見まわした。通詞《つうじ》としゃべっていた武士は立ちあがって足ばやに出ていった。その男は足に黄色いひもを巻きつけた厚地の黒い脚絆《きゃはん》をはいていた。

そのとき、父さんとコイエットが足音高く部屋に入ってきて低いお膳《ぜん》に、きゅうくつそうに

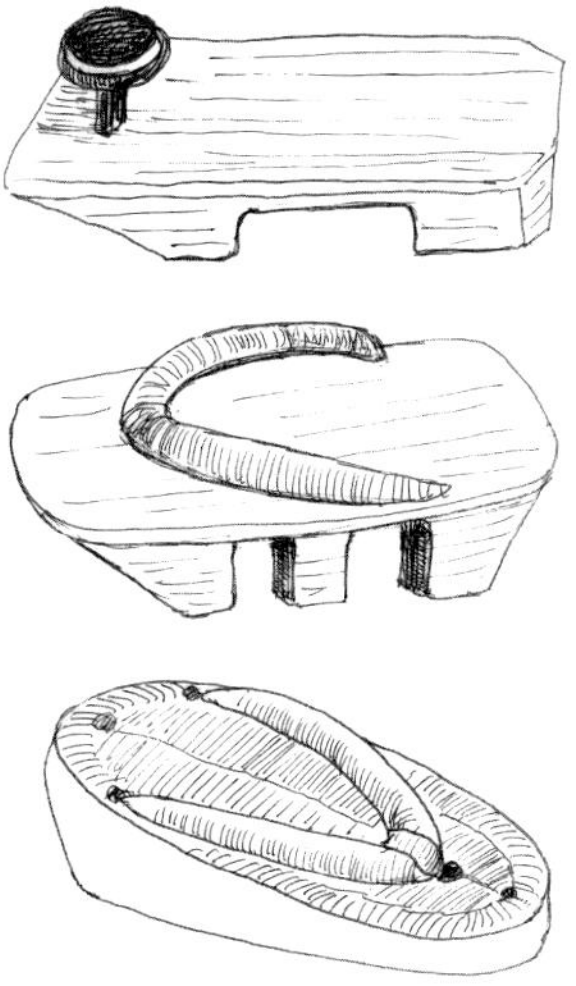

うめき声を上げながらすわった。

リブはこんなにすばらしい朝食を食べたのは生まれて初めてだった。父さんとコイエットが早く食べ終わって外出できればもっとよかった。

「落ちつけ。わたしたちはこれからまるまる一か月間も馬に乗っていくんだ」

父さんはそう言って笑った。

「おまえは一日に何度も背中が痛くなるだろうさ」

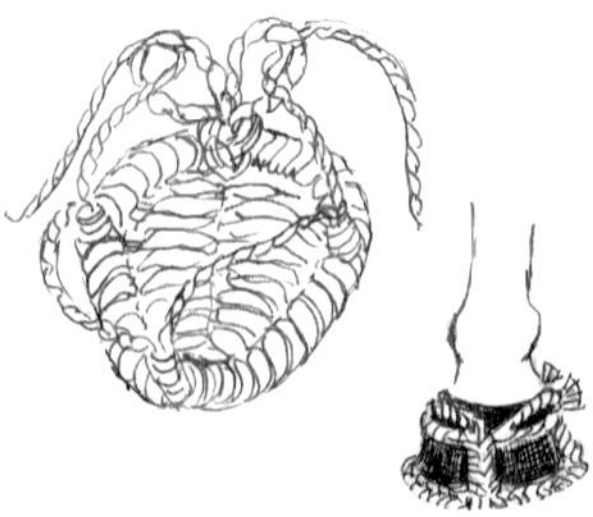

長く危険な東海道《とうかいどう》を行く

一行はやがて宿の主人とおかみに何度もおじぎをしながら別れを告げた。ひとりの侍《さむらい》がリブのところに馬を引いてきた。リブは馬のなめらかな鼻をゆっくりなでた。

「これからよろしくね。仲良くしようね」リブは馬のやわらかな耳に小声で話しかけた。お返しにリブはおなかをひと押しされ、もう少しでひっくり返りそうになった。

「馬はおまえを気に入ったようだね」父さんはそう言って笑った。

「おまえをパーシモン（柿《かき》）と呼ぶことにするわ」リブは言って馬の首をなでた。馬はブルブルッと身ぶるいをした。

リブはコイエットが箱の中にもぐりこむのを見ていた。リブのびっくりした様子を見て、コイエットは彼女のほうへ手をふった。

「これは乗りものなんだ。ヨーロッパのセダンチェア（椅子《いす》付きかご）みたいなものだよ」

コイエットの箱にはすわるための小さな椅子と、書くためのわき机があった。もし邪魔《じゃま》されたくなかったら、小さな木のすだれを下ろせるようになっていた。四人のかごかきは、コ

イエットをかわりばんこに運ぶことになっていた。

「コイエットは馬に乗るには大きすぎるんだ」父さんはコイエットに聞こえないように言った。

黄色いハチマキをしたひとりのかごかきがコイエットのほうに顔を向けた。リブはその男を見ておどろいた。足に黄色いひもを巻きつけた男がさぐりまわっているのを見たとコックが言っていたのを思いだしたのだ。あのとき、竹やぶの中のかげは何か黄色いものを身につけていたのだった……。

「さあ馬に乗りなさい、リブ」

父さんが呼んだ。自分で手綱《たづな》をとってはいけないことを知ると、リブはがっかりしてしまった。護衛《ごえい》が全行程をパーシモンの手綱を引いていくことになっていた。少なくとも五〇頭の馬と武士たちが彼らを待っていた。父さんはリブのすぐそばで馬に乗り、ささやいた。

「忘れるな。休憩《きゅうけい》でひと休みするまで、馬から飛びおりてはいけないよ。それから、道ばたの花を摘《つ》んでもいけないよ。わたしたちは常に監視《かんし》されているんだ」

一行が早足になったとき、かすかに引っかくような音が馬のほうから聞こえた。馬たちがそのもろいひづめの上に草鞋《ぞうり》をはいているのに気がついた。

リブは興奮《こうふん》でふるえた。

大きな冒険《ぼうけん》が始まっていた。

ついにリブは母さんの日本を見るのだ。

草の上に寝《ね》ころぶと気持ちがよかった。おしりはあまり痛くなかった。

リブは小さいときから乗馬をして、かたい木の鞍《くら》に慣れていたが、鞍にかけた厚地の毛布は少し役立っていた。

一行は三週間も馬に乗りつづけ、江戸はもうすぐだった。

コックが火をつけたたき火の上で鍋《なべ》の中身がゆっくりグツグツ煮《に》えていく音を、リブはきいていた。それは昼食の休憩だった。

パーシモンは少しはなれたところで満足そうに草をはんでいた。ちょうど、一輪の花が馬

の口の中に消えたところだった。

パーシモンってかわいい。リブは思った。

リブは東海道《とうかいどう》で見たり聞いたりしたさまざまなことに想《おも》いをはせていた。銅で造られた橋を馬で渡ったとき、リブは歓声《かんせい》をあげ、ため息をついたことを思いだした。きれいな女たちが色とりどりの着物を着て、つま先立つような軽やかな足どりで橋の上を行き来していた。

青い山並みが遠くにそびえたっていて、銅の橋は流れの速い川の水の上でおどる日の光を反射して、無数の星を散らしたようにキラキラかがやいていた。

茶を飲みながらいろりの前にすわっているのはなんと気持ちのよいことだったろう。宿泊したすべての宿屋がそうであった。

母さんがわたしたちといっしょだったらなあ、とリブは思った。その想いはまぶたの奥《おく》で燃えていた。

そのとき、リブはとつぜんどこかへ運んでいかれるような恐怖《きょうふ》を感じた。なんとパーシモンが足を踏みすべらせて山の急斜面をすべり落ちはじめたのだ。

だが、いつもリブのうしろについていた阿部《あべ》という名の武士が、きわどいところで助けてくれた。リブはとちゅうの町の竹細工職人のところで編《あ》んだかごを、しっかりにぎっていた。

リブは少しはなれたところにすわっている阿部のほうを見た。リブが日本語でお礼を言ったのに気づいただろうか。彼はリブにほほえみかけた。ふたたび阿部を見おろしたとき、リ

ブは心が安らかになったのを感じた。

山から蒸気が出ているのを見たこともあった。

「温泉だ」父さんが説明した。


それからリブがふるえるようなことがあった。もし、黄色いひものかごかきが止めることができないで、コイエットのかごが谷底へ落ちてしまっていたら、どうなっていただろう。武士のひとりがはなった投げ輪のシュッという音がいまだに耳に残っていた。武士はかごを止めることができた。しかし彼はかごかきの首をはねた。だれも止めるひまがなかった。

そのあと父さんは長いあいだリブを抱《だ》きしめていた。

一行は長い大名行列が通りすぎるのを待たなければならなかった。侍《さむらい》が先頭の馬に乗っていた。馬のほうが侍より立派だとリブは思った。


一行は大きな川を渡ったが、水がとても澄《す》んでいて、深く青い水の中に魚が泳いでいるのが見えた。

結婚《けっこん》している女性が歯を黒く染めているのを思いだして、リブはクスクス笑った。

「あれは植物の根っことお茶と鉄の粉をまぜてねったものを塗《ぬ》っているんだよ」

コイエットがリブに言った。

ある町でコイエットは小刀とはさみを注文した。

一行は許しを得て刀鍛冶《かたなかじ》が武士の刀をきたえているところを見学したが、鍛冶場《かじば》で炎がどんなに美しくゆれていたかを、リブは決して忘れないだろう。

リブは父さんを見た。父さんは草の上で昼寝《ひるね》をしていた。父さんの馬が大井川《おおいがわ》の急流ですべって流されたとき、父さんを失ったかもしれないと思うと、リブはゾッとした。もしあの武士が馬の首に投げ輪をはなってくれなかったら……。

いいえ。リブは自分が見たすべての美しいものだけを考えていたかった。そう、口に入れたらとけて消えた箱根《はこね》

の雪や日の光を受けてきらめいていた富士山《ふじさん》の雪のことなどを……。

江戸《えど》に着く

道路にそって吹き寄せられている枯れ葉からここちよい香りがただよっていた。うっすらとしたもやがあたりの風景や山々をおおっていて、濃淡《のうたん》の青いかげになっていた。

「こんなに遠くまで馬に乗りとおして、おまえはよくやったよ」

コイエットの銀の食器をしまいながら、父さんが言った。リブは誇《ほこ》らしく思った。

父さんはリブがパーシモンに乗るのを手伝った。馬は忍耐《にんたい》強くリブが乗るのを待っていた。

ゆっくり行列は動きだした。一行は江戸に近づいていた。東海道《とうかいどう》の道すじは人びとでにぎわっていた。

数かずのおそろしいできごとを体験したにもかかわらず、リブは旅が終わってしまうのが惜《お》しかった。しかし彼らは無事それを乗りこえてきたのだった。

リブは母さんの日本を見てきたのだった。もうすぐ江戸を見るのだ。

最後の週が思っていたよりも早く過ぎていった。

ついに江戸の入り口に立ったとき、リブはおどろきで息をのんだ。なんてにぎやかなんだ

ろう。道ゆくたくさんの人びとが、走ったり、馬に乗ったり、かごに乗って行きかっているのを見てリブは目がまわりそうだった。

ひとりの小男《こおとこ》が天秤棒《てんびんぼう》を肩にかけ、魚の入ったかごを運びながら走ってやってきた。それを見たパーシモンは、神経質そうにあとずさりした。

大道芸人《だいどうげいにん》が黄色いまりを空高く投げ上げていた。とつぜん、まりのひとつがパーシモンの眉間《みけん》にぶつかった。馬はいなないて全速力で走りだした。

リブはパーシモンのかたいたてがみにしがみついていた。馬は橋を渡り、せまい路地を荒々しく走っていった。馬が雷《かみなり》のように疾走《しっそう》してくると、人びとはあわてふためいて飛びのいた。

高い扉《とびら》もパーシモンを止められなかった。軽々とその上を飛びこえた。そのとき、パーシモンが急に止まった。リブはパーシモンの頭を飛びこえて大きな笹やぶの中にほうりだされた。そこに巣をつくっていた鳥がけたたましく鳴きながら飛びたち、周囲の葉っぱがゆれていた。

わたしはどこにいるの？　どうやって父さんを見つけたらいいの？

リブはなみだがあふれてきて不安そうにあたりを見まわした。

笹の葉の向こうに青白い顔の少年が見えた。同時に、数人の侍《さむらい》たちが手にギラギラした刀を持って走ってきた。侍のひとりがすばやくリブをひざまづかせるようにねじふせた。

「首をはねられちゃうんだわ」リブは恐怖《きょうふ》でがちがちにこわばってしまった。

そのとき、恐怖《きょうふ》の霧《きり》の向こうからおだやかな声が聞こえた。笹やぶの向こうにリブが見たのは少年の姿だった。

「わたしは家綱《いえつな》だ」少年は言ってうなづいた。

「リブです」リブはやっとのことで言葉を発した。少年の着ているものと態度から、彼が重要な人物であることがわかった。リブはからだについた笹の葉を神経質に手ではらいよけた。

「通詞《つうじ》！」少年は武士のひとりを呼んだ。武士はただちに通訳するために走り寄った。

「あなたが暴走した馬で走ってきたのを見ていた。乗馬がうまいね。わたしの庭に入ってきたのは、あなたの罪ではないのはわかっている。わたしが外に出ていたのは、あなたには幸運だったな。さもなければ部下たちに殺されていただろう。まっすぐ宿屋へ帰るがいい。馬は無事のようだ。おとなしくなって笹の葉をかんでいるぞ。番兵《ばんぺい》に門をあけさせよう。今度は馬で

飛びこえる必要はないぞ」

通詞《つうじ》は言って、家綱《いえつな》に深く頭を下げた。家綱は笑った。

「助けていただいてありがとうございました」リブはおじぎした。

リブは困惑《こんわく》していた。とりあえずパーシモンがけがをしなかったのと、何かをこわさなかったのは運がよかったと思った。

「待て！」家綱が呼んだ。

「国姓爺《こくせんや》に気をつけろ。彼は東インド会社を憎《にく》んでいる。台湾《たいわん》を征服《せいふく》しようとしているというわさがあるぞ」

どうして家綱はそのことを知っているのだろう？　リブは考えこみながら馬に乗り、部下の侍《さむらい》に連れられてその場をはなれた。彼女はうしろをふりかえった。家綱はまだ立ったまま、リブを見送っていた。

従者は宿屋のほうを指さしてリブに教えると、馬の向きを変えて足ばやに走り去った。リブはひとりで宿屋までの道を進んでいった。

リブが宿屋についたとき、みなが大さわぎしていた。父さんは心配のあまり、あちこちウロウロしていた。

「神さまありがとうございます。おまえが無事でよかった」

父さんはしゃがれ声で言って、リブを息もつけないほどきつく抱《だ》きしめた。

「阿部《あべ》はおまえのうしろについていたが、とちゅうで見失ってしまったんだ。どうやってここに帰ってこれたんだ？」

「身分の高い少年が助けてくれたの。部下の侍《さむらい》に命令して、わたしを近くまで連れてきて宿屋を教えてくれたのよ」

「おまえは殺されたかもしれないんだ！」

父さんの目になみだがあふれた。

「国姓爺《こくせんや》は東インド会社を憎《にく》んでいるからわたしたちは気をつけたほうがいいって、その少年が言ってたわ」

「コイエットに言わなければな」父さんは思慮《しりょ》深げに言った。

夜、リブが廊下《ろうか》に出ると、肩にだれかの手がふれたのを感じたのでふり向いた。立派な侍がうしろに立っていた。

「わたしは篠田保正《しのだやすまさ》です」侍が言った。

「これからコイエットさんのために将軍への拝謁《はいえつ》を願い出るところです。けれど新年のお祝

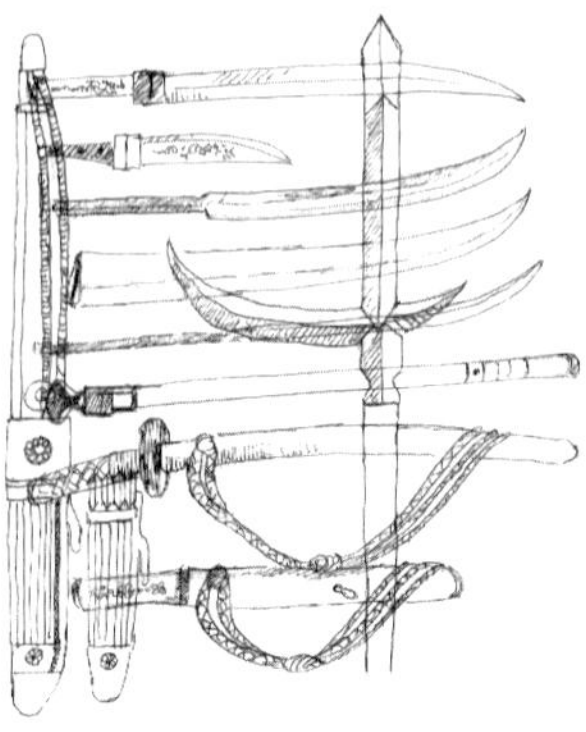

いが終わるまではできません。来年、将軍がまた交易の許可を与えてくれるといいですね」

リブはコイエットに、将軍のところへいっしょに連れて行ってくれるようにたのんだ。だがコイエットは頭をふるばかりだった。リブは父さんにもたのんだが、やはりダメだった。ねむる前にリブは将軍のことを考えていた。そこでリブは、コイエットから将軍への大きな贈《おく》りものを運ぶ役目を引き受けるからと申し出たが、これもダメだった。彼らはリブを連れていくつもりはなかったのである。

そのことを考えるとリブは泣きそうになった。父さんとコイエットは城を見ることができて将軍にも会うのだ。ふたりともすばらしいごちそうを食べて、たくさんの贈りものをいただくのだ。

翌日の朝食のとき、リブが次の日には街に出て正月を祝ってもいいと父さんが約束した。

「母さんが言っていたんだけど、日本人は正月にはおたがいにたくさんのプレゼントを贈りあうそうよ」

リブはそう言ってちょっと幸せな気分になった。

「日本ではクリスマスは祝わないんだ」

父さんが言った。そして上着のそで口から食べもののかすをふき取った。

「ここでは正月を盛大《せいだい》に祝うんだよ。とても盛大にね」

地震《じしん》の恐怖《きょうふ》

とつぜん、外の木にとまっていたからすたちが警告するようにガアガアとけたたましく鳴きだしたとたん、床《ゆか》がゆれだした。人びとがさけび、動転して右往左往して走りだした。

「父さん、何が起こったの？」

「わからない」父さんは答えた。

陶器類《とうき》がカタカタ鳴りだした。

「地震だ！」コイエットは恐《おそ》ろしそうにさけんだ。「ふとんをかぶれ！」

湯飲み茶わんが床に落ちて割れた。緑茶が長い流れになって畳《たたみ》にこぼれ落ちた。リブは父さんの手をつかんだ。まるでだれかが家をひっぱったりゆらしたりしているかのようだった。そのとき、馬がいななく声が聞こえた。

「パーシモンだわ！」リブはさけんだ。

リブは父さんの手をふりほどくと、よろめきながら庭へ走りだした。リブの前で地割れが起こっていた。リブは岩の上にはねあがり、表面をずり落ちていった。リブはおびえながら木の根にしがみついた。ほこりで目が見えなかった。リブは大声で助けを呼び、足をバタバタさせているとようやく足場にふれた。大地はふたたび静かになった。

おだやかな鼻息が上のほうから聞こえた。

「パーシモン、助けて」

リブは馬の手綱《たづな》をつかんだ。もう片方の手は木の根をつかんでいた。パーシモンはゆっくりあとずさりした。

「パーシモン、その調子よ。もう少し」

ついにリブは足下に固い大地を感じ、よろよろと立ちあ

がった。父さんとコイエットが走ってきた。ふたりともほこりと泥《どろ》にまみれていた。

「けがしなかったか、リブ?」父さんがうなるような声で言った。その声は心配そうだった。

「おまえを止めようとしたときにたおれてしまったんだ。そしたらおまえはいなくなっちまった。勝手なことは二度とするなよ」

リブは自分の手にさわり、足をのばした。

「わたしどこもけがしてないわ。パーシモンが助けてくれたの」

「神よ、なんてすばらしい馬なんだ」父さんはそう言ってチョッキからほこりをはらいおとした。

「シーッ」コイエットが言った。

「キリスト教の言葉を使うな。そこらじゅうにスパイがいっぱいいるんだ。ダーク、わたしのほこりもはらいおとしてくれ」

宿屋のおかみさんが新鮮な茶を入れて新しいうつわに注いでくれた。何枚かのふすまはこわれていたが、このまま宿屋に滞在《たいざい》することはできそうだった。

新年を迎《むか》える

次の朝早く、リブは目をさましてのびをした。今日はなにかおもしろいことが起こりそうな気がした。

そうだわ。彼女は思いだした。お正月の元旦《がんたん》なんだっけ。

リブは障子《しょうじ》をあけて外を見た。屋根の上に雪が白くつもっていた。雪が青灰色《せいかいしょく》の空からひとひらひとひら、ゆっくりと舞いおりていた。通りは群衆でいっぱいだった。

奉公人《ほうこうにん》のひとりで京子という名の娘が、リブが持ってきたきれいな絹の着物を着るのを手伝ってくれた。クスクス笑いながら着物を着終わるまでに一時間もかかってしまった。最後に京子はリブの髪《かみ》のまわりにリボンを結び、象牙《ぞうげ》と青貝でできたクシを髪にさしてくれた。

これは宿屋のおかみさんから、リブがお金をはらって借りたのだった。京子が腕《うで》をあげると広い着物のそでがするりとすべりおりた。腰《こし》のまわりに幅広の黄色いひもを巻いているのが見えた。

リブは向きを変えて困惑《こんわく》した表情で京子を見た。だが京子は身をひるがえすと逃《に》げだしてしまった。

どうして京子は、かごかきが頭に巻いていたハチマキと同じ種類のひもを巻いていたのだろう。

リブは足袋《たび》をはいた。新しい経験ももうそんなに楽しくなくなってしまった。

それにもかかわらず、足の親指を動かしたときには笑わずにはいられなかった。親指は一本だけはなれていて、さびしげに見えた。リブは下駄《げた》をはいた。

朝食を食べにいくとき、リブは今にもたおれそうだった。着物はとてもきつくて歩くのがむずかしかった。リブはみんなから拍手《はくしゅ》で迎えられた。

「とってもきれいだよ、リブ。母さんが入ってきたのかと思った」

そう言って父さんはシャツのそでで額をふいた。リブは何も食べられなかった。やっと新年のお祝いができるというのに。

「早く食べなさい。そうしないといっしょに連れていかないよ」

父さんはリブを見てきびしい顔つきで言った。

リブは食べようとしたが、食べもので口の中がいっぱいになってしまった。のどにつまりそうになりながら、やっと飲みこむことができた。

「父さん、わたし、果物とお茶だけでいいわ。毎朝ご飯と魚ばかり食べられないもの」

一行が外に出たとき、不思議なサワサワする音が頭上《ずじょう》に聞こえた。リブが見あげると木の枝に赤い紙の細長い吹き流しがひるがえっていた。空は青く、冷たい朝の風が日の光で暖かくなってきた。雪はほとんど消えてしまっていた。

リブは頭をまっすぐにして、きつい着物のままひっくり返らないように気をつけた。父さんは大またで歩いていったが、コイエットはリブの小さな足どり

に合わせて歩いてくれた。父さんの赤い前髪《がみ》は、日の光にかがやいていた。ひとりの侍《さむらい》が大きなほら貝で、ボーっというひびきの音を吹いていた。女たちが、両手をゆっくりと動かす身ぶり手ぶりでおどりながらやってきた。

リブは群衆に巻きこまれないように、父さんの横にピッタリとくっついていた。大きな山車《だし》が数人の侍に曳《ひ》かれて進んできた。金色にかがやく衣装を身につけたひとりの侍が、きらびやかに飾《かざ》りたてられた塔の高いところにすわっていた。

とつぜん、リブはうしろから強く押された。彼女は重い山車のちょうど真ん前に飛びだした。父さんは車が彼女をひき殺す寸前に、リブを抱《だ》き止めることができた。

リブは脚絆《きゃはん》に黄色いひもを巻いた男が逃《に》げていくのを見たように思った。

「危なかった」コイエットはふるえながら言った。

「ここからはなれたほうが安全だな」

炎がともされ、こどもたちが歌っていた。

「青いひとみだ！」彼らはさけび、赤い花をリブに投げた。

店の前の入り口の上に蟹《かに》や魚がぶら下がっていた。リブの母さんは、これはその年の豊作を願うためのものだと言っていた。

リブの両足は重く、道で打った膝《ひざ》は痛み、早く家に帰って椅子《いす》にすわりたかった。

「フウ、おまえは重いぞ、リブ」

父さんはフウフウいいながら背中のリブに言った。

「彼女を袋《ふくろ》に入れるのはもう無理だと思うぞ」コイエットが言った。

みんながどっと笑った。


次の朝、リブが目をさましたとき、かすかな香水の香りに気づいた。だれかが夜中に部屋に入ったのだろうか？　ちょっとのあいだ、リブはこわかった。そのとき茶色のツヤツヤしたテーブルの上に包みが置いてあるのが見えた。プレゼント！

両手で耳を押さえた小さな猿《さる》の置きものが、金色のひもでくるまれて置いてあった。

「あけましておめでとう！　あべより」と日本語で書いてあった。

阿部は父さんとリブの生命を救ってくれた侍だった。リブが日本語を理解することに気づいていたのだ。もしわたしを裏切ったとしたら！　リブは見破られていたのだ！　このプレゼントは父さんに見せないことにしよう。リブは猿とカードをかくした。

将軍に会う

「いったいいつまで待てばいいんだ？」朝食のとき、コイエットはため息をついた。「将軍が目どおりを許すというたったひとことが来ればいいんだ。前回は将軍にひとめも会えないで帰されたんだ」

「将軍は献上《けんじょう》品があるのを知っているの？」リブが聞いた。

「会社がもう一年日本と貿易するためには、必ず贈《おく》りものをしなければならないんだよ」コイエットが答えた。

数日後、篠田殿《しのだどの》がやってきた。

「将軍に目どおりを許された。だがコイエット氏とその一行は、わたしたちといっしょに湯屋に行かねばならぬ」

リブはほほえんだ。父さんとコイエットからはにおいがしていた。将軍が彼らを城に迎《むか》えたくない理由はそのせいではないかしら。そのとき、侍《さむらい》は思案するようにリブを見て言った。

「リブさんは毎晩入浴している。それでも湯屋へ行ってみてごらんなさい。将軍はあなたも城へ参内《さんだい》してもよいと特別におおせられました」

「なんだって！」コイエットはおどろいてさけんだ。

「謁見《えっけん》を許されるためにわしがどんなに苦労してきたか」

「やったあ！　わたし、いっしょに行けるのね！」

リブは喜びの声をあげた。わたしのためにたのんでくれたのはきっと阿部《あべ》だわ、とリブは思った。でなければこれはまさか、わな？

「宿屋のかみさんにおまえの髪《かみ》と着物の世話をたのもう」父さんは

心配そうに言った。

「京子がいなくなったのは残念だ。とても助けになったのに」

一行が宿屋で身じたくをととのえていたとき、箱型のかごがコイエットを待っていた。そのかごは青貝の飾《かざ》りのある将軍の朱印《しゅいん》を運んできていた。父さんは栗毛《くりげ》の馬に乗って、コイエットのかごのそばに付きそった。リブは侍《さむらい》を見たように思ったが、それ以上は考えなかった。

馬のいななきが聞こえ、何かがリブの背中を押した。

「パーシモン」リブは喜びの声をあげた。

「わしらに護衛《ごえい》を送ってくれたのは将軍だよ、リブ。パーシモンにまた乗れるとは不思議なことだ。将軍の厩《うまや》にいたわけでもないのに」

父さんが考えこみながら言った。

城は三重に取り囲まれた塀《へい》に守られていた。城と塀のあいだに住居とそびえ立つ建物が建っていた。一行が門を通過するごとに篠田殿《しのだどの》は許可証を見せなければならなかった。リブは門に見おぼえがあるように思えたが、確かではなかったので、何も言わなかった。

先端《せんたん》が細くなった長い白髪《しらが》のあごひげの侍がやってきた。ひげはしゃべるたびに上下していた。

「わたしは若年寄《わかどしより》の安藤興継《あんどうおきつぐ》と申します。将軍へのご案内をいたします」侍は大声で言った。

「みなさまは奥に進む許可を待つあいだ、わたしどもの邸《やしき》でお待ちいただきます」

安藤は一行を部屋に通すと、手をたたいた。すると美しくキラキラした白い絹の着物を着た娘が入ってきた。白地には黄色と赤の菊が刺繍《ししゅう》されていた。娘はテーブルの上に、黒い漆器《しっき》の盆にのせてきた緑茶と木の実を置いた。

しばらくして女がもどってくると、ひざまづいた。

「老中酒井忠清《さかいただきよ》殿からのご伝言で、将軍の許可がおりたそうでございます」

安藤興継は一行を、庭園を通って広大な明るい大広間へと導いた。天井《てんじょう》は赤と金に塗《ぬ》られていた。壁にそって造られたくぼみから、仏像たちがほほえみかけていた。

コイエットは大名や将軍の武士たちから質問攻《ぜ》めにあっていた。一同は将軍の引見《いんけん》を辛抱《しんぼう》強くすわって待っていたのだった。

武士たちはヨーロッパや戦争、食物、薬剤《やくざい》などについて聞き、コイエットの名前を扇子《せんす》に書いてほしいとたのんだ。リブのことも質問しているのを聞いたが、リブはわからないふりをしていた。

やっと拝謁《はいえつ》の許しがきた。一行が四番目の広間にやってきたとき、ふたたび待たなければならなかった。リブはちっとも困らなかった。見るものがあまりにもたくさんありすぎたからだ。それぞれの広間はちがっていた。四番目の広間が最も美しかった。天井の大きな梁《はり》が格子《こうし》になっていて、四角の中に青と白の菊《きく》が描《えが》かれていた。魚、虎《とら》そして風景を描いた絵が壁にかけられていた。リブは大きな虎の絵をしげしげとながめた。それは紙に描かれていた。

「これは巻き上げることのできる厚地の和紙だよ。掛《か》け物《もの》というんだ」

父さんが小声《こごえ》で言った。二枚の大きなふすまが開かれたとき、リブは立ちあがって進んでいこうとした。

「コイエットさんだけ進んでください」

安藤興継《あんどうおきつぐ》が重々しく告げた。

リブはがっかりした。リブはもっとよく見ようと、できるだけ首をのばした。この広間は広大だった。バタビアの町全体が入ってしまいそうだと思った。

リブは将軍というものは大きくてふとっていて、金の着物を着ていて、帽子《ぼうし》に孔雀《くじゃく》の羽をつけているのだと思っていた。

小さな少年が広間のはるか遠くの上段にすわっているのを見たとき、リブはすっかりとまどってしまった。

コイエットは少年の前で低くおじぎをした。とつぜんリブは理解した。庭園で会ったのはあの少年だった。われを忘れて少年に手をふり、さけんだ。「家綱《いえつな》!」

さけび声は大広間にこだました。大名たちはおどろいて見まわした。侍《さむらい》たちは刀に手をかけ

た。

「リブ！」家綱《いえつな》もさけんで笑った。

ざわめきが広間に広がった。しかし将軍は手を上げ侍《さむらい》たちを制した。リブは父さんを見た。父さんは、その朝食べたご飯みたいに白くなって、手を胸に当てていた。

コイエットは低くおじぎしながら、広間から退《しりぞ》いた。こちらを向いたとき、その顔は蒼白《そうはく》だった。

「あれは大変なことになったかもしれないんだよ、リブ」

コイエットは弱々しい声で言った。

「きみはわたしたちの命を危険におとしいれたのだ」

「ごめんなさい。そこまで考えていなかったの」リブは申しわけなさそうに言った。

「将軍だってわかったとき、とってもうれしかったの。庭で会った男の子だったのよ」

「今度は気をつけろ。でないとまた問題を起こすぞ」

コイエットが言った。

「侍に首をちょん切られたかもしれないんだぞ」

父さんがくぐもった声で言った。

「どうしてあんなに小さな子が将軍になれるのか、わたしわからないわ」

リブが言った。

「亡くなったお父さんのあとを継《つ》ぐからだよ。ところで国姓爺《こくせんや》について警告してくれたのが将軍だったのだね。それではわれわれは重大に受け取らねばならないぞ」

コイエットが心配そうに言った。

「すぐに長崎《ながさき》へもどる許可が下りればいいがね。このあと会社が出島《でじま》で貿易を続けられるかどうか心配だよ」

しばらくしてから、一行は城内の何室かの部屋と庭園のまわりを案内された。すべてが信じられないほど美しかった。だがリブには家綱と話すことができなかったのが残念だった。

翌朝、宿の外からさわがしい声が聞こえてきた。リブは障子《しょうじ》に小さな穴をあけて外をのぞいてみた。人びとが集まっていて、数人の運び手たちが大きな包みを宿屋のおかみに渡しているのを見ていた。朝食を食べにいくとちゅうのリブに、コイエットがさけんだ。

「将軍からの贈《おく》りものが届いたぞ。包みをあけるのを手伝ってくれ。これはなんだかちがう包みみたいだな」コイエットがびっくりしてさけんだ。

「リブさんへって書いてあるぞ。きみにも贈りものが来たんだ」

それは赤い椿《つばき》の花が刷られた和紙に包まれていた。リブはきれいな薄《うす》紙をそっとたたんだ。オーラフに見せるためにとっておきたかった。目の前に花々が縫《ぬ》いこまれたきらめくような白い着物が置かれていた。

リブは言葉もなかった。これほど美しいものが他にあるだろうか。幸せな気持ちで目の前にささげ持ち、クルクルとまわったので、髪《かみ》の毛がほうきの穂《ほ》先《さき》のようにゆれた。絹はなめらかな感じで、少し張りがあった。

コイエットは自分の荷箱から三〇枚の着物を取りだしてみたが、リブの着物ほど美しいものはなかった。

数日後、オランダ東インド会社は来年も出島《でじま》で交易してもよろしいという許可が将軍から下りた。同時に一行が数日中に出島にもどる旅に出てもよいという許しも得た。コイエットは喜んだ。すばらしい贈りものへのリブの深い感謝の気持ちを伝えると、篠田殿《しのだどの》は約束してくれた。

出島《でじま》への帰り道

一行が出島へ帰る道中は、最初寒くて静かだった。パーシモンの鼻息が白い蒸気になっていた。リブはあたたかくなろうとして馬にからだを押しつけた。将軍の城を見あげると、屋根の向こうにそびえ立っていた。またいつ家綱《いえつな》に会えるだろうかとリブは思った。

何日か馬に乗って進んだとき、父さんがとつぜんさけんだ。

「リブ、空を見あげてごらん」

巨大な仏像が森の向こうにそびえていた。父さんはリブのおびえた様子を見て笑った。

「鎌倉《かまくら》の大仏だよ。日本でいちばん大きいんだ。五〇フィート（十六メートル）の高さがあるんだ」

コイエットが言った。コイエットはかごを停めさせて外にはい出ると、大きな仏像をあおぎ見て感心していた。

リブには仏像が親しみ深いほほえみを浮《う》かべているように思えた。出発するとき、リブはあいさつの手をふった。


満開の桜の木から、白とピンクの花びらが微風《びふう》にのって舞っていた。

パーシモンは気持ちよさそうに駆《か》けていた。

一行は馬でどんどん進んでいった。

大坂港《おおさか》には帆船《はんせん》が待ちうけていた。

船は緑の海を出島へともどっていった。

一行は無事に上陸し、なつかしい門が彼らのうしろでにぶい音をたてて閉まった。

市場《いちば》が開く

夏は暑く湿気《しっけ》が強かった。そしてどしゃぶりの雨がやってきた。リブは高い塀《へい》の中にいつも閉ざされていることにつかれてしまったので、父さんとコックがいっしょにいてくれても、イライラするようになった。好きなところに行くことを許してもらえたらどんなにいいだろう。でも、何よりもオーラフに会いたかった。

ある朝、目がさめると出島《でじま》の門が広くあけられていた。日本じゅうから貿易商たちが集まり、広場でゴザの上に品物を広げていた。

父さんは広場の真《ま》ん中《なか》に大きな天秤《てんびん》の秤《はかり》をたてた。コイエットは歩きまわって、会社のために購入《こうにゅう》したいものを選んでいた。リブはコイエットがくれたお金

をにぎりしめていた。それはコイエットが注文したものを通詞《つうじ》たちが正しく通訳したかどうかを確かめていたことへのごほうびだった。

市場で何か買ってもいいと言われたとき、リブの心に喜びの波がわきあがった。

しばらくして急にリブは、わき道へ押されていった。見あげるとそこに京子が立っていた。

「阿部殿《あべどの》が言ってたけどあなたは日本語がわかるのね。今はわたしを見ていないふりをして」

京子がささやいた。

「公園に行って大きな松の木のうしろに立っていて」

リブがそこに行くと京子が不安そうにあたりを見まわしていた。

「どうして宿屋でわたしから逃げたの?」リブはたずねた。

しかし京子は片手を口に当てた。

「時間がないの」と小声《こごえ》で言った。

「気をつけて。将軍家綱《いえつな》はわたしたちにヨーロッパ人すべてをさぐるようにという命令を出しているの。もしも日本語を話したり十字架《じゅうじか》を持ってい

たり、神に祈《いの》ったりしていたら、ただちに捕《と》らえられて幽閉《ゆうへい》されたり、はりつけにされるでしょう。あなたがたの宗教はここでは禁じられているんです。気をつけてリブ。家綱《いえつな》の密偵《みってい》は黄色いものを巻きつけています。わたしもまたそのひとりなんです。もしもこのことをしゃべったことがわかれば、わたしは自害を命じられるでしょう」

　リブがお礼を言う前に、京子は暑いもやの中へ消えていった。貿易商たちの中を注意深く歩きまわりながら、京子がいなくなった理由がわかったとリブは思った。不安になってリブは自分のまわりを見まわしていた。それでもリブは、自分のお金で何かを買いたかった。蝶《ちょう》が描《えが》かれている赤か黒の塗《ぬ》りの椀《わん》にしよう。

　うーん。黄色はダメだわ。そう思ってリブは暑さにもかかわらず身ぶるいした。

「国姓爺《こくせんや》の壺《つぼ》をお買いなさい」日本語で言う声が聞こえた。リブはその壺が好きだった。そこで、ぐうぜん壺を見たのだというふりをして貿易商のところに近づいていった。

　屋台のところで脚絆《きゃはん》に黄色いひもを巻きつけた男が立っていて、リブが壺を買うのをじっと注視《ちゅうし》していた。

バタビアへの帰郷

ある秋の嵐の夜、一行を迎《むか》えにきた東インディアマン号がついに入港してきて、出島《でじま》に錨《いかり》を下ろした。船長はいちばん大きな帆《ほ》が裂《さ》けてしまったと言った。

船員たちはひと晩じゅうポンプを押して、水をくみだしていた。下働きの少年がひとり海に落ちていなくなったらしかった。リブはぼうぜんとした。コイエットが購入《こうにゅう》した品物がすべて積みこまれるまでは東インディアマン号に乗船できなかった。

オーラフはどこにもいなかった。とうとうリブは樽《たる》の上にすわりこんで、だれにもなみだが見えないように両手で頭をかかえこんだ。そのとき、父さんの手がなぐさめるようにリブの髪《かみ》をなでるのを感じた。

「船長に聞いたら、オーラフが乗る余地がなかったんだ。彼はバタビアにいるよ」

父さんが言った。

モンスーンの風が船を早く進ませ、無事バタビアについた。たくさんの人びとが桟橋《さんばし》に集まっていた。コイエットの妻スザンヌがそこにいた。子守《こも》りのナナンが腕《うで》に赤《あか》ん坊《ぼう》を抱《だ》いていた。コイエットはあんまり幸せで、水に落ちそうになってしまった。リブはオーラフを探したが、そこにはいなかった。

「父さん」少したってリブが言った。

「いつアムステルダムへ出航《しゅっこう》するの？　すぐ行くの？」

「うーん、今年は行けないだろうな」

「それどういうこと？」リブはとまどって聞いた。

「コイエットはたぶん、台湾総督《たいわんそうとく》になるんだ。そのとき、わしはいっしょに行くことになるんだよ」

父さんははずかしそうに言って、困ったようにせきばらいした。

リブの目は濡《ぬ》れはじめ、足が機械的に前へ進んだ。（父さんはもうわたしのことなんてかまわないんだわ！）リブは絶望して思った。「父さんはおじいちゃんとおばあちゃんを訪ねるって約束したのに！」

「オランダには、この次バタビアに帰ってきたら旅行しよう。おまえはおじいちゃんとおばあちゃんに手紙を書けるじゃないか。手紙はアムステルダムへの次の船に乗せよう」

「わたし、書けないわ」

リブは鼻であしらった。

「手紙を書くのはだれかに手伝ってもらえるよ」父さんは説得するように言った。

「わしはバタビアでは働き口がないんだ。やとってくれるのはコイエットだけなんだよ。わしたちは食べるための金とアムステルダムへの旅費が必要だ。それでコイエットはわしたちが台湾へ同行すれば、おまえにスザンヌのメイドの仕事をくれると約束してくれたんだよ。赤ん坊の世話が必要なんだ。そうしたいかいリブ？」

「ええ、わたしはもう大きいから働けるわ」

リブは言った。

リブは誇《ほこ》らしく思った。けれども今度は父さんが台湾へ船出してしまって、自分がたったひとりでバタビアに残されてしまうという考えがとつぜんわきあがった。

「少なくともひとりで住むよりはましだわ」

リブはなみだ声で言った。「台湾《たいわん》が好きになるといいわね、父さん」

「何を言ってるんだ。おまえも台湾を好きになりに行くんだよ。おばかさん。わしがおまえをここにたったひとりで置いていくと思うのかい？　もちろんおまえもいっしょに来るんだよ。みんないっしょにね」

「わたし……わたし、父さんがいっしょに連れていきたくないんだと思ったの」

リブは言って手の甲《こう》で目をこすった。

「わしのかわいいおちびさんを置いていけるかい？　日本であんなに楽しくやってきたあとでさ」

父さんは笑った。

「見てごらん。オーラフがあそこにすわっているよ。おまえに会えてうれしいだろうよ。さあ、走っていきなさい」

第Ⅱ部

台湾《たいわん》編

―国姓爺《こくせんや》との戦い―

台湾《たいわん》に着く

東インディアマン号の大きな帆《ほ》が風にバタバタとはためいていた。リブは父さんとオーラフといっしょに手すりのそばにたたずんでいた。

リブは航海《こうかい》用の麻袋《あさぶくろ》に入ったまま、父さんにかつがれてペリカン号に乗船した日のことを思いだしていた。今度は事情がすっかりちがっていた。

リブは十四歳になり、仕事についていた。あたりにスパイスの香りがただよっていた。誘《さそ》うように、ひそやかに、台湾は朝のかすみの向こうに現われた。

「オーラフ、あなたもゼーランディアで働けることになってうれしいわ」

リブが言った。

「きみのお父さんに感謝するよ。馬丁《ばてい》になるのはおもしろそうだな。きみも楽しく過ごしてほしいよ。あそこには立派な家や教会があるし、サンパン船（小型木造の平底船《ひらぞこ》のこと）を借りて反対側にある台湾本土まで行くこともできるんだよ」

オーラフは満足げに言って、両手をだぶだぶしたズボンのポケットに入れた。

「バタビアにいるイエズス会の神父が言ってたんだけど、国姓爺《こくせんや》が台湾をねらっているんだそうだ」父さんが言った。

「じゃあ将軍は正しかったんだわ」リブが言った。

リブは後部甲板《かんぱん》のほうを見つめた。スザ

ンヌとコイエットが船室から出てきて、手すりのところに立っていた。子守《こも》りのナナンが小さなフレデリックを腕《うで》に抱《だ》いていた。

リブは近づいてくる帆船《はんせん》に書かれたマリア号という船名のつづりを、ゆっくり読み取っていった。スザンナはリブに読むことを教えはじめていたのだ。

「あれが水先《みずさき》案内人だ！」オーラフがさけんだ。

「東インド会社は国姓爺《こくせんや》からの攻撃《こうげき》にそなえてゼーランディアを守るために、港の入り口に岩石を満載《まんさい》した船を沈めたんだ。入港に必要な海路図をつくったのはピンクワっていう中国人《ちゅうごくじん》で、ほかに入港の水先案内ができるのは数人しかいないんだよ」

「どうしてそれがわかるんだい？」父さんがおどろいてたずねた。

「ガレー船（二段オールの帆船《はんせん》のこと）で聞いたんだ」オーラフが言った。

船は微風《びふう》にのって礼砲《れいほう》をうけながら、ゆっくりとゼーランディアへ入港していった。気持ちのよい海風を受けながら一行を陸まで運んだ小舟からおりたとき、陸地はまるでオーブンの中にふみこんだような暑さだった。リブは高いレンガの塀《へい》を見あげた。ゼーランディアに入る門は開かれていて、みなを歓迎《かんげい》していた。

港では漁夫《ぎょふ》たちが魚でいっぱいのかごを引き揚《あ》げていて、サンパン船が何艘《なんそう》か通りすぎていった。台湾《たいわん》本土のほうをふり向くと、そこには森と緑の丘が広がっていた。

「あれは樟脳《しょうのう》をとるクスの木だよ」リブがながめているほうを見て、父さんが言った。

守備兵の小隊と女たちが、新しく到着《とうちゃく》した一行を見ようと広場に集まってきていた。かっぷくのいい上品な身なりの男が、コイエットとスザンヌのほうにやってきた。

「ヴェルブルグ総督《そうとく》だ」父さんが小声《こごえ》で言った。

「ゼーランディアへようこそ」総督が彼らにあいさつした。

「スウェーデン人が台湾総督になったのは初めてですよ。国姓爺《こくせんや》の野蛮《やばん》なうわさにもかかわらず、われわれの将来には平和と利益のときが来ると信じております。ここは一二〇〇名の勇敢《ゆうかん》な傭兵《ようへい》によって常に守られているのですよ」

「それでも城壁《じょうへき》を強化しなければいけません」コイエットは言った。

「国姓爺は危険な敵なのですから」

コイエットは総督にゆっくりと頭を下げた。集まった人びとの上を重々しい沈黙《ちんもく》がおおった。

「イエズス会の神父が父さんに言ったんでしょ。国姓爺が台湾を攻撃しようとしているって。……あっ」ハッとしてリブは口に手を当てた。今、実に軽はずみなことを口に出してしまったのだ。

だがコイエットはリブに向かって満足げにうなづいた。

「だからわれわれはきわめて慎重《しんちょう》に警戒《けいかい》しておく必要があるのだよ」コイエットは言った。

「江戸の将軍でさえ、国姓爺のことを警告していたのだからね」

「落ちついたら、まず最初に会社の役員たちに会ってください」総督はつぶやくように言うと、いらだたしげに口ひげを引っぱった。

「わたしたちは会社に対してこの問題を提起しましょう」

総督《そうとく》はコイエット夫人のほうへ向きなおり、自分の腕《うで》をさしだした。

「米とシロップと貝がらをまぜあわせたセメントを作らされるとはね」そばにいた守備兵のひとりがせせら笑った。

「そんなのは男の仕事じゃない。スウェーデンへ帰れ。ここでわれわれ軍人に対してあれこれ言ってもらいたくないね」その男はコイエットが立ち去ったほうへツバをはいた。

「父さん、今の聞いた？」リブはびっくりして聞いた。

「貝がらと米とシロップだって」

「それよりいいものはないな」父さんは笑った。

「全部グチャグチャにかきまぜてからレンガをはめこめば、岩みたいに固まるさ。百年間はこわれないだろうよ」父さんは続けた。

「オーラフ、これから住む家までリブを案内してくれ。それと、おまえの住むところは馬小屋の上だからな」

リブは新しい住居の中を見まわした。床《ゆか》は荒削《あらけず》りの板張りだった。炊事《すいじ》用の炉《ろ》が台所の大部分を占めていた。炉の前の床にはだれかが残していった鉄瓶《てつびん》や木片が置いてあった。壁にそってソファーベッドがあり、その前に木のテーブルが置かれていた。ふたつの椅子《いす》が部屋のすみに立てかけられていた。低いドアが椅子とベッドでいっぱいの小さな部屋へと続いていた。窓からのほの暗い光が唯一《ゆいいつ》の光だった。リブは鼻を窓に押しつけた。ジャンク船が通りすぎてゆき、一羽の大きな白い鳥が鋭《するど》いさけび声をあげて浜辺から飛び去っていった。良いながめにうれしくなり、リブは部屋のすみに見つけた木の桶《おけ》を持って、水をくみに外へ走り出た。住みはじめる前に、キッチンや小さな部屋を全部みがいておこうと思ったのだ。

リリーとの出会い

二年の歳月《さいげつ》が流れた。今は一六五六年である。コイエットの息子フレデリックは五歳になっていた。

国姓爺《こくせんや》は近づいてこなかった。彼は南シナ海で船を襲《おそ》い、すべての戦いに勝利していた。リブは国姓爺をおそれもし、尊敬もしていた。母さんは国姓爺が善良で正義感があると言っていたし、兵士たちは彼の勝利について語りあっていた。コイエット以外のだれも、国姓爺が東インド会社の力をそぐことになろうとは考えていなかった。

スザンヌのところに行くとちゅうにある井戸のところで、リブはときどき洗いものをしている中国人《ちゅうごくじん》の少女を見かけることがあった。

ある朝リブは、その少女に近づいて「こんにちは」と言ってみた。

少女はほおに深いえくぼをつくって笑いながら、父親は中国人だけど母親は日本人だと言った。

「わたしの母さんも日本人よ」

リブは説明した。

　少女の名前はリリーといい、ふたりはリリーが洗濯《せんたく》に来るときにはいつも会う約束をした。

　リリーは国姓爺が台湾《たいわん》のすぐ近くにあってとても危険なアモイ島へその軍隊を移動させたところだと言った。

　リブがあとでこのことをコイエットに告げると、彼は部下数名とただちに馬で出発することを決断した。

「プロビンシア要塞《ようさい》のペデル隊長に危険を知らせなければならない」

　コイエットは心配そうに言っ

た。

この情報をもたらしたごほうびに、リブは同行することを許された。万全《ばんぜん》を期すため、最強の守備隊が馬で一行の護衛につくことになった。リブはすっかり興奮《こうふん》していた。やっとまた馬に乗れるのだ。スザンヌは寛大《かんだい》にリブの旅を許してくれた。オーラフはリブのために、気性《きしょう》のおとなしい馬を選んでくれた。リブは日本で乗った馬にちなんで、その馬をパーシモンと名づけた。

プロビンシア要塞《ようさい》

彼らは守備隊を従えて、馬といっしょに大きな船で台湾《たいわん》本土へと海路を進んでいった。上陸して森に入っていくと、頭上の木々の葉を通して、日の光が透《す》きとおってかがやいていた。リブはみなの通ったあとをだまってたどっていった。低い茂みから音が聞こえた。野鳥がけたたましい鳴き声をあげ、鹿《しか》が小道に飛びだし、おびえながら一行を見あげ、次の瞬間《しゅんかん》、やぶの中に消えていった。数羽のオウムが威嚇《いかく》しながらさけび声を上げた。遠くで猿《さる》たちの鳴き声が聞こえた。色とりどりの羽根を広げたまま大きな蝶《ちょう》がパーシモンの耳の片方にとまっていたが、やがて飛び去っていった。

今のところ戦争が起こることなど考えられなかった。森から出ると、強い日光が目をくらませた。暑さでリブは息ができないほどだった。パーシモンは首からしたたり落ちる汗で光っていた。

「無事に到着《とうちゃく》できて良かったよ」父さんがホッとして言った。「国姓爺《こくせんや》はまず最初にプロビンシア要塞《ようさい》を攻撃《こうげき》するだろう。この要塞はゼーランディアを守るために建てられたものなんだよ」

港では漁師のジャンク船が何艘《なんそう》か、おだやかな波にゆられていた。ときどき魚が波の上に水しぶきをあげて飛びあがった。ヤシの葉が微風《びふう》にさやさやとゆれていた。ココナッツの実が大きなふさになって、ヤシの葉のあいだに実っていた。

茶色のやさしい目をした背の低いふとった男がこちらにやってきた。

「ペデル船長だ」父さんが小声《こごえ》で言った。

「よく無事においでくださいました、コイエットさん」ペデル船長があいさつした。

「とても心配していましたよ。ここには十分な弾薬《だんやく》が残ってないんですよ。わたしたちは数週間のうちに船荷が届くのを待っているんです。それが着くまで、国姓爺が静かにしていてくれるといいんですがね」

リブはそれ以上は聞いていなかった。ふたりの少女が近づいてきたからだ。

「こんにちは」年上の少女があいさつした。

「わたしの名前はコーネリアで、妹はセシリアよ」

少女は帽子《ぼうし》の下からほほえみかけた。コーネリアは茶色の目をしていて青白い顔色をしていた。帽子の下に巻き毛のふさが少し見えていた。リブはとてもきれいな子だと思った。

セシリアも巻き毛だったが赤みがかった茶色で、目の色は緑色だった。上を向いた鼻にはそばかすがいっぱいあった。リブは、自分にもそばかすがあればいいのにと思った。

「国姓爺《こくせんや》が攻撃《こうげき》してきたときの逃《に》げ道を見せてあげる」

そう言うとコーネリアは近くの井戸へ案内してくれた。リブが井戸をのぞきこんでみると、カビくさいにおいがして思わずふるえがはしった。もし逃げることになったら、これは最後の手段にちがいなかった。

父さんが走ってきた。

「いそげ、リブ。すぐに行かなくちゃならないんだ」

父さんはあえぐように言った。

「スパイが見つかった。国姓爺の部下が農夫になりすまして潜入《せんにゅう》していたんだ。道路はもうすぐ安全ではなくなるだろう。ハンブルック神父から娘のコーネリアとセシリアをいっしょに連れていくようたのまれたんだ。神父自身は奥さんや幼いこどもたちとここに残るそうだ」

リブはがっかりした。もっとここにいたかったのに。でもコーネリアとセシリアがいっしょなのはうれしかった。

一行がゼーランディアにもどったとき、スザンヌは熱病にかかっていた。

リブが広場を横切って歩いていると、ふたりの役員がスザンヌのことを話しているのが聞こえた。リブは立ち止まって耳をすました。

「どうも思わしくない状態のようだ。コイエット夫人が高熱を乗り越えられるとは思えないからなあ」ひとりの男が言った。

「ああ、悲しいことだ。コイエットは国姓爺の攻撃を心配しているが、その必要はないだろうしな。コイエットが手紙を送ったら、国姓爺はこの古くて草原しかないような島なんかほしくないと答えたそうだ」もうひとりの

男が言った。

リブがそのことをオーラフに伝えると、

「国姓爺《こくせんや》はおそらく軍をまとめる時間がほしいんだろう」と彼は言った。

「役員会はコイエットがまだ副総督《そうとく》でいるあいだは、言うことを聞かないだろうな」

父さんが言った。リブは息をのんだ。もし戦争が始まったら、みんなバタビアに帰れなくなるかもしれない。それにもしスザンヌが死ぬようなことになったら……。

一か月後、コイエットが総督を引きついだとき、スザンヌは高熱をおして祝賀会に出席していた。リブはこれほど贅《ぜい》をこらしたパーティーは初めてだった。客たちの中には、もっとたくさん食べるために、ときどき外に出て食べたものを吐《は》く者までいるしまつだった。

ヴェルブルグ総督は、ゼーランディアの金色にかがやく大きな鍵《かぎ》をコイエットに手渡したとき、安心したように見えた。国姓爺と戦わなくてすみそうだからだわ、とリブは思った。

リリーの家

リブは草原をゆっくり横切って、親友リリーの家に向かった。リブは具合が悪かった。なぜならスザンヌが祝賀会のあと、すぐにこの世を去ってしまったからだ。リブがどんなに悲しい思いをしているか、リリーならきっとわかってくれるにちがいない。

スザンヌは親切で、リブに読むことを教えてくれた。あとに残されたコイエットとフレデリックが気の毒だった。

リリーは石と粘土《ねんど》でできた家に住んでいた。屋根はわらとヤシの葉でつくられていた。父親は漁師だった。母親は米づくりをしていた。

家の中はとても暗かった。マットが数枚、かわいた地面に敷《し》いてあり、窓の戸は外の暑さをふせぐために閉ざされていた。

リリーはストーブの上の急須《きゅうす》から緑茶をついでくれた。

「スザンヌはとてもやさしい人だったものね。あなたが悲しむ気持ちはよくわかるわ」

そう言うと、泣きだしたリブを抱《だ》きしめた。

「こんなに悲しんでいるのに、あなたはわたしたちに食べものを持ってきてくれたのね。ありがとう。わたしたちはほとんどお米しか食べてないの。あとはときどき父さんが売れなかった魚を食べるわ。ピンクワがやってきて、父さんが捕《と》った魚の一匹《いっぴき》ずつに税金をかけるのよ」

「そんなこと知らなかった。なんてひどいことするのかしら」

リブは鼻をすすった。

「お茶をもっとお飲みなさい。元気になるわ」

リリーが思いやり深く言った。

国姓爺《こくせんや》の父親は満州族《まんしゅうぞく》の捕虜《ほりょ》になっていると父さんは言っていた。もし国姓爺が向こう側についていたら、父親は釈放《しゃくほう》されることになるだろう。

「父は国姓爺が大きなジャンク船に立って台湾《たいわん》本土のほうを見つめていたと言っていたわ。わたし、あなたのことが心配だわ、リブ」

リリーはそう言うと、リブを抱《だ》きしめた。


その晩、リブと父さんとオーラフが米と野菜の簡単な夕食を食べていたとき、リブはリリーが言っていたことをくり返した。父さんはリブが中国人村《ちゅうごくじん》へ行ったと聞いて激怒《げきど》した。

「それがどんなに危険なことかおまえはもうわかる年齢《ねんれい》だろう。国姓爺は村の中国人の中にスパイをはなっているんだ。彼は台湾がほしいんだよ。ここには豊富な米ができることをやつは知ってるんだ」

「役員会はコイエットがあまりにもうたぐり深いと言っているよ」

オーラフが言った。

「馬屋でフランス兵のデュピスから聞いたんだ。イヤなやつ。そのことを言ったとき、あいつは意地悪そうに笑ってたんだ」

裏切り者

翌朝ふたりが井戸であったとき、リブはリリーの様子がなんだかおかしいと思った。リリーはあたりを見まわし、リブの耳にささやいた。

「父が、アモイの宿屋でピンクワと国姓爺《こくせんや》の部下のサンガエがいっしょに飲んでいるのを見たんですって。ふたりは関税と税金から、よい収入をとれることを話していたそうよ。国姓爺は時が来るのを待っているんだって。国姓爺はオランダを憎《にく》んでるわ。しかも何千人もの兵士を持っているのよ。だからここにいちゃだめ。船に乗って家に帰って」

「それはできないわ。父《とう》さんとオーラフを残して帰れないわ。わたしたちはここに四年住んだし、あと二年は帰れないの」

その夜、リブはベッドに入って、もし国姓爺《こくせんや》が攻《せ》めてきたらどうしたらいいんだろうと考えていた。スザンヌが生きてさえいたら、助言を聞けたのに。スザンヌを失ってリブは悲しかった。コイエットの息子がかわいそうだった。フレデリックは継母《ままはは》ができていたが、とても厳しそうな人だった。

ドアのすきまから、まだそこにいた父さんとオーラフが話しているのが聞こえた。

「国姓爺へコイエットの手紙を持っていくのが、なんとあの悪漢野郎《やろう》のピンクワなのさ。コイエットは国姓爺と交渉《こうしょう》するつもりなんだ」

父さんが言った。

「ピンクワは東インド会社をだまして関税をとっているといううわさがあるんだ」

オーラフが言った。

「今日、要塞《ようさい》でまた戦いがあったんだよ。守備隊は契約が切れているのにバタビアへ帰る許可がおりないんで、動揺《どうよう》しているんだ。フランス隊がいちばんうるさがたなんだよ」

「コイエットは中国人《ちゅうごくじん》数人を捕虜《ほりょ》にしたんだ。彼らはサンパン船でアモイ島からやってきたようだよ」父さんが言った。

リブは耳をそばだてた。

「守備隊は捕虜を地下牢《ろう》へ押しこんだ。それから捕虜にやったことは考えたくないよ。兵士たちは中国人が親戚《しんせき》に手紙を運んでいるのを見つけたんだ。手紙には、戦争が始まる前に国姓爺のところへ逃《に》げろと書いてあったんだそうだ。村の中国人はこのことで被害をこうむることになるだろうね。コイエットは守備隊に、収穫《しゅうかく》期の米を焼きはらい、窓のシャッターのすべてを打ちこわし、武器を探すよう命令したんだんだ」

「コイエットは魚を捕《と》ることも禁じた。コイエットは中国人すべてが国姓爺のスパイだと思ってるんだ。中国人は飢《う》え死にしてしまうだろう。リブにはもう何も言うなよ」

リブは落胆《らくたん》してすわりこんだ。リリーにすぐ伝えなければ。

リブがそっとしのび出たとき、外はまだ暗かった。空気はすずしくここちよかった。星がひとつ、空にかがやいていた。リブは井戸のふたにすわって待っていた。リリーがやっと来たとき、かすかな灰色の光が暗闇《くらやみ》にさしこんできた。

「リブ、びっくりしたわ。どうしてこんなに早くここにいるの？」

「守備隊が村にやってくるわ。ここにずっといて今日は家に帰っちゃだめ。危険よ、リリー。ここにいて帰らないで」

だがリリーはすでに朝もやの中に消えていた。

不思議に思いながらリブは家に帰り、朝食のためにおかゆをつくった。

「ピンクワは会社をだましているんだよ。彼が税金をとっていることをコイエットは非難したんだが、ピンクワはコイエットをパーティーに招待したんだ。誤解を解きたいと言って。わしは行かないほうがいいと言ったんだが、コイエットはわしの言うことを聞かなかったんだ」

父さんが食卓についてため息をついた。

夜遅く、大きな花火のショーがあった。色とりどりの何千ものキラキラした光が青黒い空高くかがやいた。

オーラフは腕《うで》をリブにまわした。ふたりはうっとりして壮観《そうかん》な見物を立ちつくして見ていた。とつぜん、一瞬《いっしゅん》の光の中に海辺を走ってくる黒い人かげを見た。それは待っていたジャンク船の中に消えていった。

「あれはピンクワのようだった」

オーラフが言った。

「そんなこと信じたくないわ」
リブが言った。リブはのどがつまったように感じた。息が止まりそうだった。

翌朝、リブと父さんはすさまじい騒音《そうおん》で目をさました。ふたりが外へ飛びだすと、オーラフに会った。

「危険なことじゃないよ」

オーラフはふたりを安心させるように言った。

「ぼくは正しかった。あれはピンクワだったんだ。町に住むオランダ人たちが、ピンクワを見かけておどろいたんだよ。そしてオランダ人たちは今、草原を抜けて走ってきて、門をあけてもらおうとしてドンドンたたいているところなんだ。コイエットがみなをしずめるために出ていくところだから、なんて言うか聞きにいこうよ」

「国姓爺《こくせんや》は強大な東インド会社に対してあえて挑戦《ちょうせん》するようなことはしない。もし戦争が起こったらバタビアから救援《きゅうえん》隊が来ます。みなさんは家へもどってください。もし国姓爺が攻撃《こうげき》してきたら、こちらに入れてあげますよ」

コイエットはそう言ってオランダ人たちといっしょに草原の道を横切っていった。

リブが夜明けに目をさましたとき、空気はすでに熱気でふるえているようだった。彼女は少しすずしくなろうとして井戸へ走って行った。リリーはすでにそこに来ていた。リブが冷たい水をかけているあいだ、リリーは待っていてくれた。それから言った。

「中国《ちゅうごく》から陶器《とうき》をいつも運んでくる船長が言ってたんだけど、コイエットが米の収穫《しゅうかく》を焼きはらったことを国姓爺が猛烈《もうれつ》に怒《おこ》っているの。わたしたちは飢《う》え死にしてしまうわ。今助けてもらえるのは国姓爺だけなの」

「でも、もし国姓爺がゼーランディアを攻撃したら、わたしたちはどうなるの？」リブは聞いた。

「船に乗ってすぐに家へ帰ることよ」リリーは答えた。「さもないと……」

リリーは黙《だま》って下を向いた。

また一年が過ぎた。国姓爺はオランダ東インド会社の船を二隻捕《せきと》らえ、数か月間中国との貿易を禁止した。さらに兵力を台湾《たいわん》にいっそう近いケモイ島へ移した。ピンクワからの知らせは何もなかったが、何人かの中国人が、その姿をケモイで見かけていた。

救援軍《きゅうえん》に失望

リブはお気に入りの場所になっている防壁のてっぺんにのぼっていた。すずしい海風に顔を向けて小声《こごえ》で歌を歌っていた。海はいつもリブの不安をしずめてくれた。

あと一年でみんな、船に乗ってバタビアの家に帰れるのだ。とつぜんリブは緊張《きんちょう》した。水平線に何本かのマストが現われていた。あれは救援軍ではないかしら？　かすかな希望がリブの内にわいてきた。オランダの旗が風にひるがえっていたが、たった六隻《せき》だった……。

がっかりしてリブは防壁からおりた。

「やつを礼砲《れいほう》でなんか迎《むか》えてやるもんか」

コイエットは望遠鏡を見ながら、猛《たけ》り狂ってさけんだ。

「国姓爺《こくせんや》の大艦隊《かんたい》に対してたった六隻の船とはな。しかも司令官がヤン・バン・デルラーンだ」

「ヤンはコイエットの最悪の敵なんだよ」

父さんが説明した。

「彼は〝ヤン野郎《やろう》〟と呼ばれているのさ。やつは残酷《ざんこく》でがんこだって評判なんだ」

これじゃ今やふたつの陣営になったたってわけだ。一方はコイエット側で、もう一方は〝ヤン野郎〟というわけだ。やつは国姓爺の船を捕《と》らえてマカオを攻撃《こうげき》したいんだ。

「〝ヤン野郎〟はコイエットがうたぐり深くて中国人を処刑《しょけい》したり拷問《ごうもん》したりしているっていう手紙を会社に書いたんだよ。それにコイエットが会社の金をごまかしているとかピンクワと内通《ないつう》しているなんてことも書いたんだ。おまけに国姓爺は台湾《たいわん》を攻撃することはないなんてこともね」

「やつは会社の役員数人を説得して手紙に署名もさせたのさ」

父さんは言った。

「コイエットは腹立ちまぎれに礼砲《れいほう》を撃《う》たなかったんだ」

「国姓爺は数千人の兵士たちと少なくとも八百隻の戦闘《せんとう》ジャンク船を持っているってリリーが言っていたわ」

リブがため息をついた。

「もしゼーランディアだけが目的なら、国姓爺は攻撃はしてきても、わたしたちを船で帰国させるってリリーは思っているの」

「それは信じられないことだな」

父さんがまじめな顔で言った。

「コイエットは女性たちが看護の訓練を受けることを決めたよ。防壁の内側に病室をつくったんだ。おまえは明日からそこで働きはじめるがいいよ、リブ」


リリーとリブが井戸のところで立ち話をしていると、だれかのさけび声が聞こえた。

「〃ヤン野郎《やろう》〃は自分の船団を連れて出て行っちゃったぞ！」

「あのおくびょう者め。冷血な悪魔《あくま》め」

馬に乗って駆《か》けてきたオーラフがさけんだ。馬はおどろいていななないた。

「よしよし」オーラフはなだめるように言った。

「土壇場《どたんば》になるやいなや、あいつは確かにはるか遠くに行っちまったってわけさ。ここには戦艦《せんかん》グレーブランド号とヘクター号が残っているだけだ。快走船マリア号と平底船《ひらぞこ》ピンク号は小さすぎる。やつは最良の士官たちを連れて行ってしまって、二百人の傷病兵《しょうびょうへい》を残していった。今ここには六百人の部隊しか残っていないんだ」

リブはリリーを見た。リリーはなんだか意地悪く見えないだろうか？　リブとリリーはともだちではなかったか？　でなければ……。リリーはリブの顔を見ると、急いで立ち去った。

不吉な前ぶれ

淡いピンクのかすみが水平線の上に現われた。リブは大海を見わたし、母さんのことを思った。

「きれいだな」

リブのうしろで声がした。コイエットがあんまり静かに近づいてきたので、リブには足音が聞こえなかった。

はるか遠く、鯨《くじら》がしっぽでしぶきをあげ、海水が噴水《ふんすい》のように立ちのぼった。鯨の背中《せなか》には奇妙《きみょう》なボウボウ髪《がみ》の生きものがすわっていた。そ

いつはしかめっつらをして手をふり、鯨といっしょに深い海へと消えていった。

「あれは不吉な前ぶれだ」

兵士のひとりが言った。

「それにおれたちは海峡《かいきょう》で人魚も見たんだよ」と付けくわえた。

コイエットは真《ま》っ青《さお》になった。

リブはゆっくり病室へ歩いていった。こんなときは包帯巻《ほうたいまき》の練習を始めるのがいちばんだわ。陰《いん》うつな雰囲気《ふんいき》だった。

コーネリアとセシリアは、プロビンシア要塞《ようさい》に残してきた両親と幼い弟妹のことを心配していた。

リリーは長いあいだ姿を見せなかった。リブは彼女に会いたかった。だがある朝、リブが砂浜にすわって防壁を作るためにカキ殻《がら》を集めていたとき、だれかがリブの名前を呼んだ。吹きさらしの潅木《かんぼく》の向こうでふっている手が見えた。

リリーだった。

「どうしてここへちっとも来てくれなかったの？」

ふたりが抱《だ》きあったとき、リブは聞いた。

「父が来させてくれなかったの。国姓爺《こくせんや》は台湾《たいわん》にいっそう近づいているわ。逃《に》げられるうちに逃げて。わたしの親戚《しんせき》はとっくにアモイに逃げてしまったわ」

「コイエットはわたしたちが船ではなれることを許さないの」

「でも国姓爺は何百隻《せき》もの戦闘《せんとう》用ジャンク船を持っているのよ」

リリーはかすれた声で言った。

「たぶん、バタビアからもっと救援《きゅうえん》の船が来るわ……」

リブは自分の声がとてもしゃがれているように感じた。

「もしすべてがうまくいったら、わたしたちここでまた会いましょう」リリーが言った。

リリーは両手のあいだにリブの手をはさみ、その手を固くにぎりしめた。

国姓爺《こくせんや》の攻撃《こうげき》

リブは毎朝夜明けになると防壁にのぼり、国姓爺のジャンク船を見張ることに決めた。

今日は一六六一年四月十三日だ。母さんが死んでからちょうど今日で十年たった。リブは少しふるえて、ショールをからだにしっかり巻きつけた。朝もやがうすいドレスを通して入りこんできたので、下へおりることにした。

おりる前に最後の一瞥《いちべつ》を海に投げたとき、リブは一瞬《いっしゅん》凍《こお》りついた。大きな森のようなものが水平線に近づいてきていた。いや、ちがう。もやを通して見えるのは林立するマストだった。金色の竜《りゅう》の歯のように縁取《ふちど》りした赤い旗が強くなってきた風にはためいていた。

「国姓爺だ！」リブはやっとさけんだ。

コイエットは寝間着《ねまき》の長シャツのまま走ってきた。寝《ね》ぼけまなこの兵士たちが、大砲《たいほう》に砲弾《ほうだん》をつめこみはじめた。

「攻撃準備！」

コイエットの大声が要塞《ようさい》にひびきわたった。

「リブ、病室へ急げ!」

父さんが走ってきてさけんだ。

「今こそ東インド会社とオランダのために戦うのだ。おれたちは決して降参《こうさん》しないぞ」

コイエットが言うのをリブは聞いた。

「コイエットばんざい!」

兵士たちがさけび、大砲に火をつけた。すさまじいごう音が空気をつんざいた。

リブは耳を押さえていたが、防壁から勝ちどきの声が上がったとき、耳から手をはなした。

「ねらいを定めろ。目にもの見せてやれ」

リブは身をひるがえして駆《か》けもどった。

「潮がひいている」オーラフがさけんだ。

「国姓爺《こくせんや》のジャンク船が浅瀬に乗り上げたぞ」

荒々しい歓声《かんせい》がゼーランディアの人びとから上がった。

そのとき、国姓爺が美しい上着を着て、片腕《かたうで》を空高く上げてさけんでいる姿が見えた。

「媽祖《まそ》！　媽祖！」

国姓爺は海と船乗りの女神《めがみ》へ大声で祈《いの》りをささげていた。リリーが以前〝媽祖〟について話してくれたことがあった。

やがて潮が満ちてくる音が聞こえてきた。国姓爺の部下たちが今までよりももっと大きなときの声を上げた。

彼らは勝利のにおいをかぎとったのだ。守備兵たちはあんまりおどろいたので、大砲《たいほう》に火をつけるのも忘れてしまった。

「オーラフ、見て。ピンクワが浅瀬のまわりで国姓爺の水先案内《みずさき》をしているわ」

リブがさけんだ。

ピンクワは勝ちほこったようにコイエットに手をふった。

「待ってろ。今に罰《ばつ》が下るぞ！」

コイエットが金切り声をあげた。その顔は怒《いか》りで赤くなっていた。

地獄《じごく》のふたが開く

ゼーランディアの戦艦《せんかん》から大砲《たいほう》が火を吹き、戦闘《せんとう》が始まった。数百隻《せき》のジャンク船がマッチの軸木《じくき》のように木《こ》っ端《ぱ》みじんに吹き飛んだ。リブは一隻のジャンク船が戦艦ヘクター号のほうへまっすぐ向かってくるのを見た。ヘクター号は猛煙《もうえん》を吹きあげ、ごう音をあげて爆発《ばくはつ》した。

リブは国姓爺《こくせんや》の兵士たちがあげる勝ちどきのさけび声を聞いた。

「ジャンク船は火薬を満載《まんさい》していたんだ」

オーラフがさけんだ。ヘクター号が波の下に沈《しず》んでしまったのを見たとき、リブはゾッとする恐怖《きょうふ》と絶望を感じた。

「今度はマリア号が逃《に》げていくわ」

リブがさけんだ。

「いや、救援軍《きゅうえんぐん》を呼びにいくんだ」

父さんが言った。

「おまえは船室におりていなさい、リブ」

リブはコーネリアとセシリアといっしょにゆっくり船室へおりていった。姉妹《しまい》もあのおそろしい光景を目撃《もくげき》したのだった。

戦闘《せんとう》は一日じゅう続いた。

国姓爺軍がグレーブランド号までジャンク船を並べて橋をつくり、その舳先《へさき》に鎖《くさり》を投げて巻きつけ、甲板《かんぱん》によじ登ったということを、リブが食べものを持ってきたとき、オーラフが告げた。

しかしグレーブランド号の船員たちは彼らを追っぱらうことができたのだった。

「やつらはバクセンボイ岬《みさき》に軍隊を上陸させているぞ」

オーラフがとつぜんさけんだ。

「ペデル船長は守備隊を連れてそこへ航行中《こうこう》だ」

コイエットが言った。

「国姓爺には何千人もの兵士がいるってリリーが言ってたけど、ペデル船長には数百人の兵士がいるだけだわ」

リブは言って病室へ駆《か》けおりていった。

次にリブが父さんとオーラフのところへ上っていったとき、海を見わたすと、頭がひとつ浮《う》かんでいるのを見つけた。

「見て、だれかあそこに泳いでいるわ」リブがさけんだ。

「兵士だ。オーラフ、来い。彼を助けよう」

父さんが言った。ふたりが兵士をかついでもどってきたとき、リブが走り寄った。

「父さん、シャツが血だらけだわ！」

と金切り声をあげた。

「負傷してるんだ」

父さんが静かに言った。

「急いで病室へ行って、手当てをしてやれ」

恐怖《きょうふ》でいっぱいになりながら、少女たちは兵士の言葉を聞いていた。

「豹《ひょう》軍団の兵士たちはおそろしかった。豹の斑点《はんてん》のついた大きな盾《たて》で身を守りながら、わが軍を攻撃《こうげき》してきた。敵の兵士たちは数千人はいたと思う。さけびながらやつらは槍《やり》を投げてきた。わが軍は大砲を撃《う》って撃って撃ちまくったが、敵はあとからあとからやってきた。われわれは武器を捨てて逃《に》げだした。わが軍のほとんどは切り殺され、ペデル船長は降伏《こうふく》した」

「だれがプロビンシア要塞《ようさい》を守っているの？」

コーネリアがさけんだ。

「父や母や弟妹たちがそこにいるの」

「みんなきっと井戸から逃《に》げたわ」リブが言った。

もしリリーも国姓爺《こくせんや》を助けているとしたら、とリブは考えた。まるで悪夢のわなに閉じこめられてしまったみたいだ。ここから逃げだしたいとリブは思った。バタビアの家に帰りたい。神さま、わたしをここで死なせないでください。父さんとオーラフを生かしてください。リブは何度も何度も祈《いの》りをささげた。

そのとき、父さんがリブの肩をやさしく抱《だ》いた。

「おチビさん、そんなに心配するな。国姓爺は強力な東インド会社と、そんなに長く戦争を続けないだろうよ。コイエットは国姓爺と交渉《こうしょう》するつもりでペデル船長の息子ウィリアムと会社の役員数人に手紙を持たせて彼のところへ送ったところだ。ウィリアムは中国語《ちゅうごくご》をしゃべるんだ。まもなく平和になるよ、リブ」

父さんは付けくわえた。

リブは暑さの中でじっと立ちつくして待っていた。衣服が汗でからだに張りついていた。馬に乗った三人が草原を横切ってやってきた。リブはもっとよく見ようとして目を細めた。先頭の乗り手はウィリアムだった。その頭は気落ちしてうなだれ、そでで額《ひたい》の汗をぬぐった。コイエットがウィリアムのところにやってくると、彼は閉じた巻きものを手わたした。

「ウィリアム、待て」

父さんが言ってウィリアムを押しもどした。

「言ってくれ。それになんて書いてあるか知っているのか？」

リブが見た死者のひとりのように蒼白《そうはく》な顔色をして、ウィリアムは見てきたことを語った。

「国姓爺は数千人の兵士と数えきれないほどの武器を持っている。台湾《たいわん》本土の中国人は国姓爺を支持している。国姓爺が言うには、わたしの父と守備兵たちは頭をちょん切られるために喜んで首をさし出すばかものだそうだ」

リブはウィリアムを強く抱きしめた。少しのあいだ、彼は頭をリブの肩にあずけていた。

「もしわが軍が白旗を掲《かか》げれば、国姓爺はわがほうの命は助けるそうだ。だがもし、国姓爺が血の旗と呼んでいる赤旗を掲げたら、その復讐《ふくしゅう》はおそろしいものになるだろう」とウィリアムは続けた。

「国姓爺を信頼《しんらい》できるのか？　やつはわれわれを殺すこともできるんだ」オーラフは腕《うで》をリブにまわした。

リブは国姓爺に対して激しい怒《いか》りを感じた。どうしてわたしたちを静かにしておいてくれないの？　同時に、中国人は自分たちの島をほしいのだということをリブは理解した。なぜコイエットはあきらめないんだろう？　ゼーランディアを守る兵士も船員も、もうほとんどいなかった。

「将軍に丘の上へ連れていかれ、プロビンシア要塞《ようさい》を見せられた。要塞は完全に包囲されていた。国姓爺は水源を占領《せんりょう》していた。もしわが軍が降伏《こうふく》しなければ、プロビンシアを粉々《こなごな》に吹っ飛ばすだろう。わたしの母はまだそこにいるんだ」ウィリアムが付けくわえた。

みんなは夕食のあと、沈黙《ちんもく》したまま長いことすわっていた。暗闇《くらやみ》がまたたく間《ま》に台湾《たいわん》本土を包みこんでいた。青さぎが空中へ苦しげな一声をはなった。リブが窓から外を見ると、見なれた一番星が夜の空にかがやきだしていた。

リブはオーラフと父さんのほうを見た。どれほどふたりを愛していることだろう。父さんの両手はテーブルの上に重そうに置かれており、オーラフはシャツのほころびをほどきながらすわっていた。戦争では人間の内にひそむ邪悪《じゃあく》が燃えあがるのだということを、リブは思った。もし双方が話し合いさえできれば……。リブはため息をつき、父さんの手に自分の手をのせた。

「なぜおまえをここに連れてきてしまったのだろうか？」

父さんは言って、手で鼻をふいた。

「わたしがそうしたかったからだわ。父さんといっしょにいたかったの」リブが言った。

「もし国姓爺がゼーランディアをとりさえすれば、わたしたち家へ帰れるわ」リブはなぐさめるように言った。

父さんは長いことリブを見つめていた。

「十年前にはおまえはどうしようもなく幼い娘だった。わしはなんとかしておまえを元気づけようとしたもんだ。ところが今や、おまえがわしをなぐさめてくれているね」

父さんはオーラフのほうを向いた。

「おまえはわしの息子のようになった。また約束してほしいんだが、もしわしに何か起こったら、リブをよろしくたのむよ」

「まかせてください」オーラフが言った。

目がさめるやいなや、リブは戸外へ走りだした。早朝のすずしさが過ぎて、すでに熱気にとって代わっていた。湿気《しっけ》が高く、じっとりしていた。

数か月間雨が降っていなかった。リブは塔《とう》を見あげた。血のように赤い旗が風に吹かれてゆるやかにはためいていた。リブはかわいた稲田のほうを見わたした。その向こうは国姓爺の大軍に埋《う》めつくされていた。びっくりぎょうてんして、リブは父さんとオーラフのところへ駆《か》けもどった。

「病室は負傷者や熱病におかされた逃亡者《とうぼうしゃ》で満員よ」リブはエプロンで鼻をかんだ。

「もう薬も包帯《ほうたい》もないわ。しかもコイエットは降参《こうさん》しようとしない」

「ぼくといっしょに来ない、リブ?」オーラフは言って、リブの手をつかんだ。「コイエットから町で集められる限りの食料品や包帯をとってこいと言われたんだ」

父さんは反対した。だがリブはなだめた。

「父さん、わたしはもうこどもじゃないわ。わたし行ってきます」

「ぼくにはリブの助けが必要なんだ」オーラフが熱心に言った。「彼女がひどい目にあわないよう、ぼくが必ず守ります」

「必ずそうしてくれよ」

父さんはこぶしをにぎってしかめっつらをしながら言った。

ふたりがフルスピードで出発したとき、あたりは暗かった。リブは見捨てられた家々に出たり入ったりしながら、役立ちそうなものを集めた。

リブの胸は恐怖《きょうふ》でドキドキしていた。いつ国姓爺《こくせんや》の軍隊がふたりにおそいかかってくるかわからなかった。

オーラフが荷車を移動させて、

リブが道路に積みあげた色々なものを集めてまわっているあいだ、馬のひづめの音が雷《かみなり》のように聞こえていた。

とつぜん、嵐を知らせる鐘《かね》が鳴りひびいた。

「合図だ、帰る時間だ、急げリブ」

「ぼくたちうまくやったよ。荷車は米や小麦や大麦でいっぱいだ。国姓爺には何も残ってないさ」

オーラフは満足そうにほほえんで、馬のスピードをあげた。

「少なくとも必要なもののほとんどが集まったよ」

リブがオーラフを見ると、茶色のもじゃもじゃ頭の髪《かみ》は風に吹かれて突っ立っており、目は興奮《こうふん》でキラキラしていた。両手は手綱《たづな》をしっかりにぎっていた。

なんて強くて美しい手なんだろう。彼といっしょに何かをやるのはうれしいことだわ。オーラフはリブのほうを向いてほほえんだ。

「きみはすてきだ、リブ。好きだよ」

防壁の内に入ろうとした瞬間《しゅんかん》、すさまじい爆発《ばくはつ》音が聞こえた。壁はふるえたが持ちこたえた。

コイエットが強化したおかげだ。

人質《ひとじち》となる

国姓爺《こくせんや》はゼーランディアのまわりを兵士たちが持つ鉄の武器で取り囲んでしまった。弓の射手《いしゅ》たちは、要塞《ようさい》に向かって滝のように火の矢をはなち続けていた。人びとは弓の列に対して無力だった。ゼーランディアの大砲《たいほう》は高いところに置かれていて、射手たちを直接ねらうことができなかった。

少女たちは兵士たちの数を数えはじめていたが、四千人まででやめた。国姓爺の部下たちはみな大砲の下にかくれ場所を求めた。ゼーランディアは暑さの盛《さか》りだった。風はそよとも吹かなかった。

馬に乗った五人の男たちが白旗を高々とかかげて草原を横切ってやってくるのが見えた。みなの歓声《かんせい》があがった。国姓爺は、たぶん和平を望んでいるのだ。水と食料がないのだろう。

「わたしは国姓爺の部下サンガエだ」到着《とうちゃく》すると指揮官が名のった。「ハンブルック神父とオスワイヤー先生が人質《ひとじち》としてここにいる。通訳もいる。中に入れてほしい」

「中国人《ちゅうごくじん》はゼーランディアに入ってはならない。ハンブルック神父だけだ」コイエットがさけんだ。

サンガエが威嚇《いかく》するような身ぶりを示した。コイエットは和平のチャンスをのがしたのではないか？

「神父を中に入れろ」とても長いあいだ緊張《きんちょう》して考えたのち、サンガエがさけんだ。

コーネリアとセシリアは父親に飛びついた。神父は、母親や幼い兄弟たちが国姓爺《こくせんや》に捕《と》らわれているが元気でいると告《つ》げた。

神父がコイエットと共に役員室に入っていくと、コーネリアはドアに耳を押しつけた。リブは彼女のそばに立っていた。

「もしコイエットが降参《こうさん》しなければ、お父さまがはりつけになるのよ」コーネリアが言った。「お母さまと弟や妹はひどい罰を

受けることになるらしいわ。もしコイエットが降参すれば、みんなが無事に家に帰れるって」

ほっとしたため息がみんなから聞こえた。とつぜんコーネリアが蒼白《そうはく》な顔でふり向いて、リブの手を固くにぎった。

「コイエットは会社とオランダのために最後のひとりまで戦う義務があるってお父さまが言ったわ。それに国姓爺は悪魔《あくま》と手を組んでいるって。国姓爺はもしこちらが降参しても、わたしたちを拷問《ごうもん》したり殺そうとしているんだって」コーネリアが小声《こごえ》で言った。

「コイエットはお父さまにここに残ってほしいってたのんだけど、お父さまはそれはできないって言ったわ」

コーネリアはセシリアのそばに行き、冷

たい大理石の上にくずおれた。青白い顔になみだが流れた。リブも泣いた。

深いため息が人びとからこぼれた。それは大きな気球から空気がもれるような音だった。

神父が役員室から出てきたとき、ふたりの娘は父親にしがみついた。「お父さま、ここにいて」少女たちは何度も何度もたのんだ。室内はしんと静まりかえっていた。娘たちの絶望的な弱々しい声が天井にひびいていた。

「いや、できない。お母さまとちびさんたちが国姓爺《こくせんや》に捕《と》らわれているんだ」神父はそう言って出ていってしまった。

「いっしょに防壁に上がって、お父さんを見送ってあげよう」父さんがふたりに話しかけていた。

ハンブルック神父はコーネリアのさけび声を聞いたとき、ふりかえって片手をあげた。するとサンガエは馬にひとむちを当て、一行は全速力で走りだした。

黒雲が空をおおった。暴風が吹き荒れて、海の波が激しく泡《あわ》だっていた。防壁をのぼっていった小さな一団は強風でうまく歩けず、はなればなれになっていた。

コイエットが望遠鏡を持ってきて、起こっていることを知らせてくれた。

「彼らは国姓爺のテントに入るところだ。今度は兵士たちが出てきてハンブルックを十字架《じゅうじか》へ連れていくところだ。女の子たちは向こうへ行きなさい」

コイエットが命令した。

「いやです」コーネリアがさけんだ。彼女は防壁にしがみついてはいあがった。しかしセシリアは目を大きく見開いて、地面に立ったまま動かなかった。

リブはセシリアをしっかり抱《だ》いて目かくししようとしたが、彼女を動かすことはできなかった。セシリアは地面に凍《こお》りついてしまったようだった。リブは彼女のからだが氷のように冷えているのを感じた。

「やつらは神父を十字架にかけるつもりはないようだ」コイエットは言った。

「たぶん殺されないだろう」絶望的な希望の火がみんなの中に灯《とも》った。

「いいや、そのかわり首をはねられるんだ……。だが苦しまないだけましだった……」コイエットが重苦しく言った。帽子《ぼうし》をぬいで手にしていた。

その夜ふたりの少女はリブの部屋で寝《ね》た。父さんはオーラフと馬小屋でねむった。

事態は日に日に悪くなっていった。笑いはどこにもなかった。生き残った者たちは、要塞《ようさい》の中をかげのようにのろのろと歩きまわっていた。コーネリアとセシリアはいつも泣いていた。父さんはつかれはてて、やせ細っていくように見えた。

わたしひどいかっこうをしているわとリブは思った。スカートは破れ、髪《かみ》の毛はよごれ、水浴《あ》びをする水もなかった。

だがオーラフがやってきて、勇気づけるように彼女のほおをなでて言った。

「今ごろマリア号がバタビアに着いているよ。もうすぐ救援軍《きゅうえんぐん》が来るだろう。国姓爺《こくせんや》はハンブルック神父にしたことで罰《ばつ》を受けるんだ」

「あなたは戦争が好きみたい」リブが言った。「あなたがわからないわ、オーラフ。わたしがほしいのは平和だけよ」

夜になってリブが台所で米を料理していると、オーラフが入ってきた。

「ぼくは戦争を憎《にく》むよ」彼はまじめに言った。

「だけどみんな自分たちを守らなければならないんだ。ぼくを理解してほしいよ、リブ」

リブは同意すべきかどうかはわからなかったが、ふたりのあいだにはふたたびわだかまりがなくなったことが感じられた。

夜のあいだに国姓爺は、大砲《たいほう》を防壁のいっそう近くまで動かしていた。

コイエットは城壁《じょうへき》にそって行ったり来たりしていたが、注意深く敵を監視《かんし》していた。そしてとうとう言った。

「やつらはこちらに近づきすぎたぞ。火砲《かほう》がとどく射程に入ったぞ。今度こそ絶対忘れられない思いをやつらにさせてやる！　大砲に火薬をつめろ。矢をつがえて銃《じゅう》をかまえろ。兵士たちはわたしが合図したら飛びだして、敵の大砲の火門に栓《せん》をしてふさげ！」

大砲の砲弾《ほうだん》は幾千《いくせん》人もの国姓爺の兵士を殺した。負傷者たちは苦痛に顔をゆがめていた。生き残った者たちは逃《に》げだし、大砲が打ち捨てられていた。

オーラフと父さんは、船員や兵士たちと共に外へ走り出た。まだ矢がふりそそいできてはいたが、味方は敵のすべての大砲の火門をふさいだ。

みなはおたがいの背中をたたきあい、歓声《かんせい》をあげ笑いながらもどってきた。

リブは泣いていた。

国姓爺の軍は、死者と負傷者を収容すると退却《たいきゃく》していった。

ゼーランディアに静けさがもどった。

この男たちはわたしが大好きな人たちと同じ人間なんだろうか？　父さんが負傷者を病室に運ぶのを助け

ながら、リブは考えた。父さんやオーラフがどんなに荒っぽく見えたか、わたしは忘れられるだろうか？

空気そのものが血と憎《にく》しみに染《そ》まっているようにリブは感じた。

「われわれはたぶん、これから何年もここにとどまれるにちがいない」父さんがつぶやいた。

国姓爺《こくせんや》からの使者がひとりでやってきた。手紙にはゼーランディアの守備軍の数があまりにも少ないことを国姓爺は知っており、コイエットが降伏《こうふく》するのが最善であると書かれていた。国姓爺はゼーランディアの外でいつまでも待つつもりはないと告《つ》げた。

「だがコイエットはおそらく降伏しないだろう」父さんは深いため息をついた。

そのあいだ、困難で最悪な航海《こうかい》ではあったがマリア号はなんとかバタビアに到着《とうちゃく》していた。船長は会社の〝十七人役員会〟（巻末の解説を参照）に駆《か》けこんで国姓爺の攻撃《こうげき》について知らせ、コイエットがそれまでは万事《ばんじ》うまくやっていたことも付けくわえた。

〝ヤン野郎《やろう》〟とニコラス・ベルブルグがうそをついていたことを〝十七人会〟が初めて知り、

さわぎが起こった。

コイエットを解雇《かいこ》するという通知を持って派遣《はけん》されることになっていた船を〝十七人会〟は止めようとした。だがその船はすでに出航《しゅっこう》してしまっていた。

七月三〇日、船はハーマヌス・クレンクの指揮のもとにゼーランディアに到着《とうちゃく》した。だがゼーランディアの大砲《たいほう》のとどろきを聞くと、クレンクはおどろきのあまり日本へ逃《に》げてしまった。そのかわり〝十七人会〟は次にヤコブ・ソウ判事を指揮官にして援軍《えんぐん》を送った。


どしゃぶりの雨が視界をさまたげていた。またたく間に中庭は洪水《こうずい》のようにあふれだした。水は広場や壁にそって滝のように流れていた。ヤシはうれしそうにその葉をのびのびとさせていた。

雨水の中で水浴《あ》びしようとリブは思った。船と戦争のことも、コイエットや国姓爺のことももうどうでもいいわ。防壁から駆《か》けおりると、中庭へ大きなたらいを持ちだした。間もなくたらいは雨水でいっぱいになった。

太陽が雲間から顔をだした。水滴《すいてき》が木の葉をふるわせ、

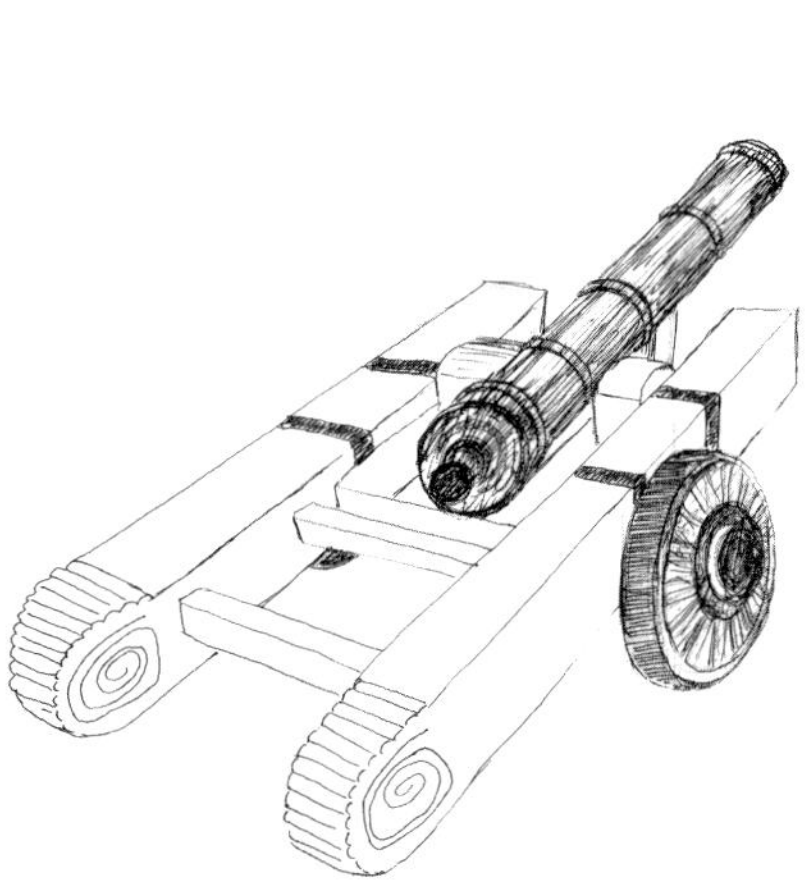

日の光を受けてかがやいていた。中庭の小石が灰色と茶色に光っていた。

冷たい雨水に身をひたしたとき、リブは喜びにふるえた。今この瞬間《しゅんかん》生きていることはすばらしかった。少したって空が暗くなった。強風が吹いてきた。リブは寒さにふるえながら、たらいから出た。家に駆けこみ、昼間だったけれどストーブの火をつけた。だが、たきぎがないのに気づいて困ってしまった。

リブは父さんのところに走っていったが、父さんは心配そうな様子で海のほうを見ていた。風はいっそう強くなり、波はどんどん高くなっていった。

「リブ、指揮官のいない船員たちがどうなるか見てみろ」父さんはイライラして帽子《ぼうし》を自分の足にたたきつけた。

「あの道化者《どうけもの》め、船を陸地にあんなに近づけて錨《いかり》をおろしたんだ。これじゃうまくまわらないぞ。だが食料や援軍《えんぐん》や火薬が間にあったのは幸運だったよ」

船は父さんが考えたとおりになった。アーク号は強風を受けて難破《なんぱ》し、制御できずに浜辺のほうへただよっていた。

船員のひとりが国姓爺《こくせんや》の兵士の目を避《さ》けて、ゼーランディアになんとか逃《に》げてきた。彼が言うには、仲間が捕《と》らえられて、だれが指揮官か、何人の援軍《えんぐん》が来たかを白状するまで拷問《ごうもん》され続けたそうだ。

「指揮官がソウだと聞くと、国姓爺は軽蔑《けいべつ》したように笑いだした。ソウを有名にした、たったひとつの事件といえば、自分の刀で窓をぶちこわし鋪道《ほどう》の石と戦ったことだけだ」

船員は最後にそう言った。

嵐をさけるために、ソウは残りの船を引き連れて沖へ出ていた。船隊は一か月間もどることができなかった。

リブは父さんとオーラフといっしょに台所にすわっていた。灯油ランプが小さな炎で燃えていた。ふたりの顔はほとんど見えなかった。もはやランプも燃やせなくなっていた。灯油の残りが尽《つ》きかけていた。雨が音高く屋根をたたいていて、部屋の中は寒かった。リブはふるえてショールを身のまわりにしっかり巻きつけた。気持ちよい日本の風呂《ふろ》が恋しかった。

「今日、病室でまた三人が死んだわ」

リブがため息をついた。コーネリアとセシリアはかげのように歩きまわっていた。ときどき姉妹は病室の手伝いをしたが、どこにも見当たらないこともあった。それに父さんはとてもつかれているように見えた。いったいいつこの悪夢は終わりになるのだろう？

父さんが気づかわしげにリブを見た。バラ色のほおをした幸せな娘だったのに、なんとみじめでつかれた様子をしていることか。

みな降参寸前だ、とオーラフは心配になった。

「役員会が今夜決定したことを聞いてみよう」オーラフは言った。

「二隻《せき》の船が国姓爺《こくせんや》の艦隊《かんたい》を攻撃《こうげき》するだろう。味方は大砲《たいほう》で激しい一斉射撃《いっせいしゃげき》の火ぶたを切ることになっている。同時に四〇〇人のわが軍が、町にいる敵の歩兵部隊を攻撃するんだ。狙撃《そげき》兵を満載《まんさい》した二隻の長船と十五隻の手漕《こ》ぎ船が、最も近くにいる国姓爺の十三隻の戦闘《せんとう》ジャンク船を攻撃するだろう。そうなれば遠くにいる残りのジャンク船をうばい取るのは比較的簡単だ。国姓爺が戦いに勝つのはむずかしくなると思うよ」

夜明け前、みんなは防壁の上に集まって海を見ていた。微風《びふう》が波とたわむれていた。空は最初のひと筋の日の光にゆっくりピンク色に染《そ》まっていった。

「今がチャンスだ」オーラフが言って期待するように船のほうを見た。「もうすぐみんな船に乗って家に帰れるよ」

「バタビアの家がまだあるかしら」リブが言った。

「風は完璧《かんぺき》だ」父さんが満足そうに言った。国姓爺の艦隊とジャンク船が粉砕《ふんさい》されて御国《みくに》が来ますように。

だがとつぜん、みな静まりかえった。風がとだえ、波が消えたのだ。巨大な戦艦《せんかん》はたるんだ帆《ほ》のままどうすることもできずにただよっていた。

リブはコイエットのほうを見た。コイエットは頭を垂《た》れ、帽子《ぼうし》を手に持っていた。

そのとき、国姓爺側の大砲《たいほう》が火ぶたを切り、雷《かみなり》のようなごう音の中で、味方の美しい艦隊は粉々《こなごな》に吹き飛ばされてしまった。

それでもなお船員たちは手漕《こ》ぎ船からジャンク船を攻撃していた。彼らは命をかけて戦ったが完全にチャンスを失っていた。

「ぼくたちができることは何もないの?」絶望にわれを忘れてオーラフはさけび声をあげ、コイエットのそでをつかんだ。コイエットは目をそらして言った。

「囚人《しゅうじん》となるよりは最後まで戦ったほうがましだ。そのほうがことが早くすむ。わが軍は一二八人の兵士を失った」

コイエットは向きを変え、うなだれて歩み去った。

韃靼《だったん》首長シムタントン

九月がすずしい風を運んできた。六か月間、彼らは包囲されていた。気落ちした空気が灰色の毛布のようにゼーランディアに取り残された小さな一団をおおっていた。

ゼーランディアはねむる要塞《ようさい》になってしまった。役員室のドアを閉めるバタンという音と、足ばやの大きな足音だけが聞こえるだけだった。

「あれはたぶんソウが議論しているんだ」父さんが推測した。

「ソウは船で出ていきたいんだが、コイエットはそれを許《ゆる》さないんだ」

夜になるとリブとオーラフは、船から流れだした浮荷《うきに》を見つけるために、浜辺へしのびでた。とつぜん、暗闇《くらやみ》の中に一隻《せき》のジャンク船が現われた。

「ぼくたちは見つかったみたいだ」オーラフは小声《こごえ》で言って、ラッパ銃《じゅう》をかまえた。「走れ、リブ」

「待って」リブはささやいてオーラフの腕《うで》を押さえた。「撃《う》たないで。うすい色の旗をふっているわ」ジャンク船はゆっくりすべるように近づいてきた。何かが空中を飛んできて、リブの足下《あしもと》に落ちた。低い呼び声が聞こえた。

「韃靼《だったん》首長シムタントンからの手紙だ」

ふたりがふたたび顔をあげたとき、ジャンク船は霧《きり》に吸いこまれて去ってしまっていた。

手紙を読むと、コイエットは勝ちほこったようにほほえんだ。胸《むね》を張り、両手を背中にまわして口笛を吹きながら、行ったり来たりしていた。

「福建省《ふっけんしょう》にいる韃靼族の首長シムタントンが、わが軍といっしょになりたがっている」コイエットはようやく言った。

「シムタントンは国姓爺《こくせんや》を憎《にく》んでいるんだ。わたしはすぐに役員会の召集《しょうしゅう》を求めて会議を開く

つもりだ。ソウが自分の船団をひきいてシムタントンと交渉《こうしょう》すればいい。わたしは役員会にソウの最大最速の船三隻《せき》を要求するつもりだ」

「ソウは信頼《しんらい》できない」父さんが反対した。「あの男は前に一度逃《に》げだしている。あのとき、やつはオランダからの秘密の命令だったとわれわれに信じこませたじゃないか」

「これはわれわれの最後のチャンスなんだ」コイエットが言った。

ソウは福健にいる韃靼《だったん》首長と交渉するために、五隻の船団をひきいて出航《しゅっこう》することを許《ゆる》された。

三隻の船はすぐにもどってきた。その中のひとりの船長が、島じゅうに聞こえるように大声でさけんだ。

「ソウがペスカドール諸島でおれたちの船を座礁《ざしょう》させたんだ。引索《いんさく》（引き綱）を引いて船を移動させているとき、錨《いかり》がなくなっちまったんだよ」

「父さん、引索を引くってどういうこと？」

「つまり船のボートに錨をのせてできるだけ遠くまで漕《こ》ぎだして、船からその綱《つな》を引っぱって船首をかえることだよ」父さんが言った。

コイエットは韃靼の首長シムタントンへの手紙をすぐに手わたせというソウへの命令書を持たせて、船団をふたたびペスカドール諸島へと送り返した。一隻の船がすぐにもどってきた。

ソウは逃亡《とうぼう》してしまっていたのだ。

リブはすべての希望が消えていくのを感じた。シムタントンはコイエットの手紙を受け取らなかったのだ。リブはこれでもう終わりだと確信した。病室へもどる気力もなかった。両足は鉛《なまり》のようだった。


オーラフが部屋に入ってきて腰《こし》かけにすわった。

「国姓爺《こくせんや》はすべてに運がいい男だと思うよ」とため息をついた。

「どういうこと？」リブが聞いた。

「つまり、あいつが呼びかけているあの女神《めがみ》だよ。それにあのときさ、わが軍の船団が暁《あかつき》の奇襲攻撃《きしゅうこうげき》をかけたときもね。風は申し分なかったのに、とつぜんまったく止《や》んでしまった。やつはわれわれに気づくと、確かにまた媽祖《まそ》の女神にさけんで祈《いの》っていたよ。おれは次に何が起こるかただ待つだけさ。あのフランス兵デュピスは逃《に》げちまって、コイエットは彼をつかまえるために、ドイツ人の友人ハンスを派遣《はけん》した。デュピスは国姓爺のところに行って、ユトレヒトがこちらの最大の弱点だという秘密までべらべらとしゃべっちまった。もし国姓爺がユトレヒトを占領《せんりょう》すれば、こちらをまっすぐ撃《う》つことができるんだ」

「オーラフ落ちつきなさい。そうなるとは限らないわ」リブが言った。

だがオーラフがおそれた最悪のことが起きてしまった。

ゼーランディアに残った小隊は、国姓爺《こくせんや》がユトレヒトとして知られている砦《とりで》の外側で塹壕《ざんごう》を掘りはじめたとき、あきらめて見守っていた。国姓爺は大砲《たいほう》を絶えまなく撃ちこんで砦を爆破《ばくは》させた。

リブはものすごい騒音《そうおん》で粉々《こなごな》になりそうだった。それはひと晩じゅう続いた。要塞《ようさい》ではだれも一睡《いっすい》もできなかった。

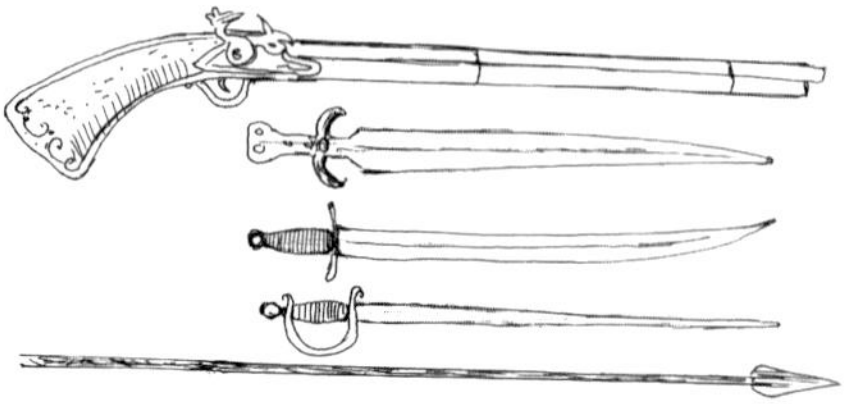

二度、守備隊は国姓爺の攻撃《こうげき》を押し返した。だが国姓爺は失った兵力以上の人数を簡単に投入してきた。ついに砦《とりで》はひと山の石くずよりも小さくなってしまった。

リブがすべての希望を失いかけたとき、オーラフが入ってきて、コイエットがわなを仕かけたことを告げた。

コイエットは兵士たちに命令を下した。それは、火薬の樽《たる》四個を転がしていって砦の地下に置くことであった。

「国姓爺《こくせんや》が砦《とりで》に攻めこんできたとたん、あいつは部下たちといっしょに粉々に吹っ飛ぶんだ」

オーラフは満足そうに言った。味方は砦の最も中心にある堅牢《けんろう》な弾薬庫《だんやく》に逃《に》げこむのだ。

リブはどうしていいかわからなかった。リブは神に祈《いの》った。自分の命のために、父さんのために、オーラフのために祈った。実は、国姓爺の命のためにさえ祈った。リブはこの戦争を憎《にく》んだ。

そのとき、すさまじい爆発音《ばくはつ》が聞こえた。火薬の樽《たる》が爆発したのだ。石や木片や死体が空中に飛び散り、金属片が四方八方へ弾丸《だんがん》のように飛んでいった。そして静かになった。

静けさの中で負傷者たちの泣きさけぶ声が聞こえた。

リブはのろのろと病室から出ていった。父さんがやってきた。

「国姓爺のやつはしぶとく生き残った。あいつは最後の瞬間《しゅんかん》、部下を止めたんだ。だが兵士《せ》たちは攻めこんでしまった。まるで見えないだれかがやつに警告《けいこく》したみたいだったよ」

降伏《こうふく》する

夜になって、役員会が降伏すると決定したことがわかった。コイエットの抵抗《ていこう》にもかかわらず、国姓爺《こくせんや》に降伏文書を手わたすため、使者がすでに出発していた。

「最後のいきさつのあと、国姓爺は激怒《げきど》しているにちがいないよ」父さんが言った。

「われわれは最悪の事態にそなえないといけないぞ」

リブは草の上にすわって心配していた。いつ国姓爺からの解答が来るのだろう。

門の外でさけび声がしていた。部下のサンガエが使者だった。サンガエはさげすむようにコイエットに手紙を渡した。

コイエットは海を背景に防壁のてっぺんに立っていた。その姿はやつれてやせこけ、国姓爺の手紙を読んでいるあいだ、風に金髪《きんぱつ》がなびいていた。

「わたくし、国姓爺は武士道の掟《おきて》を尊重するものである」

コイエットはおどろいて顔をあげた。手紙は続いた。

「東インド会社に属するものは残していくこと。個人の持ちものは持ち帰ってよろしい。わたしたちは囚人《しゅうじん》たちを解放する。おまえたちの船までジャンク船で送り届けることとする。台湾《たいわん》に残りたい者は残ってよろしい。バタビアへの航海《こうかい》のために必要な食料品は持っていってよろしい」

父さんはリブをかたく抱《だ》きしめ、なみだをぬぐった。オーラフは困惑《こんわく》して髪《かみ》の毛をかきむしった。

「国姓爺はサムライなんだわ」リブはそう言って頭をあげた。

「武士の名誉《めいよ》ある掟では同等の敵は敬意をもってあつかわれるのよ。母さんがそう言っていたわ。それは武士道の掟というのよ」

「みな一列に並んで歩いていって、国姓爺《こくせんや》のほうに頭を下げよう」
父さんがほほえんだ。笛と太鼓《たいこ》で行進していくことをコイエットが命じた。
ついに戦争が終わった。

コイエットは行列をひきいて進んでいった。

国姓爺の兵士たちは刀剣《とうけん》をふりまわしたので、刃が太陽にきらめいた。豹《ひょう》の盾《たて》をもった男たちは盾に槍《やり》をぶつけて威嚇《いかく》した。

兵士たちのおたけびを聞いて、リリブはおそろしさにふるえた。リブは父の手をとり、オーラフにそ

ばにいてくれるようたのんだ。

今夜こそ国姓爺を間近に見れるんだわ。そう思ったリブは、ほかの人たちとゆっくり外へ出ていった。

リブはすばやくうしろをふりかえった。なんとあわれな人びとの群れなのだろうか……。やせこけて、ほとんどがボロをまとった女性とこどもたちだった。負傷者たちは担架《たんか》で運ばれ、そのうしろには松葉杖《まつばづえ》をついた人たちが従っていた。

コイエットは帽子《ぼうし》の羽飾《かざ》りが地面につくほど深くおじぎした。国姓爺も深くおじぎした。

リブが通りすぎたとき、ふたり

なづいた。

わたしは残りの人生を通して、あのはりつめた国姓爺《こくせんや》との見つめあいを覚えていようとリブは思った。

「リブ」国姓爺とコイエットを見ようとして立っていた中国人《ちゅうごくじん》の一群の中から声が聞こえた。リリーだった。リリーは海辺のほうを指さした。

リブがそこに来ると、リリーはすでに待っていた。そして数個のパパイヤをさしだした。

「これを持っていって。あなた長いこと新鮮な果物を食べてないでしょう?」

「ありがとう」リブは果物をエプロンのポケットに入れた。泣くのをこらえるのがやっとだった。

「さよなら、リブ」リリーは両手でリブの手をにぎった。

「国姓爺は台湾《たいわん》をつくりなおすつもりだって父が言ってたわ。みんなで土地を耕《たがや》せるのよ。最初は税金をはらわなくてもいいの。国姓爺は病院を建てて、わたしたちに学校もつくってくれるそうよ。これからはもっと暮らしが良くなると思うわ」

リブは手の甲《こう》でなみだをふいた。

リブはコーネリアとセシリアのところへ行った。ふたりは母親と小さな弟妹、そしてオーラフと父さんといっしょに待っていた。

腕《うで》と腕を組んで、みんなは沖の船まで運んでくれるジャンク船のほうへとおりていった。

ジャワに帰る

リブは目の上に手をかざした。わたしたちとうとう本当にバタビアに着いたの？　錨《いかり》が大きなしぶきをあげて降《お》ろされた。船のボートが一行を桟橋《さんばし》まで運んだ。

「とても静かだわ」リブが言った。「すっかり荒れ果ててるわ。だれもいないし、猫《ねこ》の子一匹《いっぴき》いないわ」

「わたしは少なくとも歓迎《かんげい》委員会の出迎《でむか》えぐらいは期待していたよ」

コイエットは失望して、だれもいないネズミ色の通りをながめていた。

だがそのとき、武器のふれあう音が聞こえてきた。兵士たちが行進してきたのだった。

「われわれはフレデリック・コイエット氏の逮捕《たいほ》命令を受けてまいりました」司令官はそう言うと、緊張《きんちょう》して刀剣《とうけん》の柄《え》に手をかけた。

言葉もなく、みんなはコイエットが監視《かんし》兵のあいだにはさまれて荒っぽく連行されていくのを見守った。

「これは誤解なんだよ」動転してあとを追いかけてきた妻に、コイエットが言った。

「息子をよろしくたのむ。すぐにもどってくるさ」

「ばかげているわ！」リブは憤慨《ふんがい》してさけんだ。

「静かに。そんなことをさけぶと、おまえも逮捕されるぞ」

父さんが言った。「これはコイエットが台湾《たいわん》を失ったからだ。オーラフ来い。家へ帰ろう」

数日後、コイエットが終身刑《けい》を宣告《せんこく》されたと父さんが言った。

だがまず役員会がほのめかしたところによると、コイエットはバタビア刑務所で二年間をすごすことになるだろう。そのあとバンダ諸島の中の離島《りとう》であるアイ島に移送されるようだ。

「ソウもヤン野郎《やろう》も罰《ばっ》せられなかった。もしコイエットがオランダ人だったら、状況はちがっていただろう」オーラフがさけんで、家がゆれるほどこぶしをテーブルにたたきつけた。

リブと父さんはコイエットに会うために、カタマラン船（双胴船《そうどうせん》）に乗って果物と筆記用具を持ってアイ島を訪《たず》ねた。それはオーラフのともだちの看守《かんしゅ》が当番の日に限られていた。コイエットはいつもすわって書き物をしていたが、ふたりが訪ねると喜んで迎《むか》えてくれた。

交易品を持って会社にやってきた中国人《ちゅうごくじん》を通して、リブは国姓爺《こくせんや》が一六六二年七月にこの世を去ったことを知った。

リブは日本で買った国姓爺の壺《つぼ》の前にすわって、国姓爺のことを考えていた。なんとすぐれた男だったことだろう。

国姓爺は新しい寺院や学校を建てた。台湾は繁栄《はんえい》していた。国姓爺の息子は総督《そうとく》として父親の仕事を引きついだ。

十三年後

満州《まんしゅう》（清《しん》）は台湾《たいわん》を征服《せいふく》したが、国姓爺《こくせんや》の子孫を島の統治者《とうちしゃ》として引き立てた。

リブと父さんはまだバタビアにいた。そこに住んでいた大半の人びとは短期滞在《たいざい》の人たちだった。

オーラフとリブは結婚《けっこん》した。

「リブ、来てごらん。い

いニュースがあるよ」オーラフがドアから家の中へ向かってさけんだ。

「おばあちゃんにリリーとフレデリックをあずけて浜辺へ行くよ」

ふたりが港に着いたとき、コイエットがそこに立っていた。リブは大声をあげ、彼のほうに走っていった。

コイエットはリブを抱《だ》きしめた。

「かわいいリブ、何度も訪《たず》ねてきてくれてありがとう。とうとう陰気《いんき》な牢獄《ろうごく》から解放されたよ。わたしの息子とウィリアム・オレンジ公といとこが、わたしの保釈《ほしゃく》のために役員会を説得してくれたんだ。友人たちが二五、〇〇〇ギルダーの保釈金をはらってくれた。ほかに囚人《しゅうじん》として何人かの友人もいるけどね」コイエットは苦笑いを浮《う》かべて言った。「だがわたしはアムステルダムに住むよう命じられている」ひと息ついてから絹のハンカチで鼻をかみ、沈《しず》んだ声で続けた。

「会社はわたしが母国スウェーデンに住むのを禁じたんだ」

コイエットは年をとっていた。彼の頭は少しふるえ、顔は灰色で、囚人《しゅうじん》生活が刻みこまれていた。

船まで乗るボートのところへコイエットが用心深くおりていくあいだ、みんなは長いこと見守っていた。

リブとオーラフと父さんは、ゆっくりとした足どりで家へ帰っていった。

訳者あとがき

この本はスウェーデンの画家アニタ・ステイナーが文とともに絵も描《えが》いている歴史絵物語です。しかしスウェーデンのことは、ほとんど何も書かれていません。

舞台《ぶたい》は一七世紀の日本（第Ⅰ部）と台湾《たいわん》（第Ⅱ部）であり、はるか遠い北欧《ほくおう》に住む作者が書く困難を考えれば、珍《めずら》しい異色《いしょく》の作品と言えるでしょう。

一六四一年、幕府は商館を平戸《ひらど》から出島《でじま》に移して鎖国《さこく》体制を完成し、オランダと中国のみが貿易を許されることになりました。

一六五二年、一隻《せき》のオランダ船が、長崎《ながさき》に入港しました。商館長の名は、スウェーデン人、フレデリック・コイエット。オランダ人として入国しましたが、日本にやってきた最初のスウェーデン人とされています。つまり、この物語の主要人物はスウェーデン人というわけなのです。

コイエットは出島から江戸への旅を経て、一二歳《さい》の四代将軍家綱《いえつな》に拝謁《はいえつ》し、幕府とオランダとの交易を成功させました。その褒賞《ほうしょう》としてオランダ東インド会社から台湾総督《そうとく》に任命されました。

当時台湾海峡には、中国人を父に、日本人を母にもつ国姓爺《こくせんや》（鄭成功《ていせいこう》）という海賊《かいぞく》が勢力を増していました。浄瑠璃《じょうるり》や歌舞伎《かぶき》の『国姓爺合戦』（近松《ちかまつ》門左衛門《もんざえもん》作）で知られる国姓爺です。やがて台湾をめぐって、東インド会社のコイエット軍と国姓爺軍との間に大戦争が勃発《ぼっぱつ》します。激戦の末、コイエットは降伏《こうふく》し、国姓爺が次の台湾総督《たいわんそうとく》につきました。この戦いは台湾では良く知られていますが、日本人はあまり知らない東洋史の興亡《こうぼう》なのです。

コイエットは台湾を失った罪で、東インド会社から離島《りとう》へ九年間流刑《るけい》とされ、生涯《しょうがい》母国スウェーデンに帰ることを許されず、アムステルダムでその一生を閉《と》じました。しかし彼は日記を書き残し、それがスウェーデンに現存しているのです。作者はこの資料をもとに『少女リブの冒険《ぼうけん》』を書き、スウェーデン側からこの歴史に新たな光をあてました。

物語は、日本人の母を亡《な》くした日蘭《にちらん》混血の少女リブが、船員の父の助けでコイエットの船にバタビアから密航《みっこう》を試み、同行を許されるところから始まります。青い瞳《ひとみ》の一二歳《さい》の少女は、江戸時代の母の国日本を好奇心にあふれて生き生きと見聞し、江戸城で少年家綱《いえつな》に会う場面で、作者は自由奔放《ほんぽう》な想像力を発揮しています。

台湾編では、リブは一四歳になり、コイエットに同行します。国姓爺軍とコイエット軍との壮絶《そうぜつ》な戦いを体験し、苦しみを通して成長していきます。戦いに勝った国姓爺は、日本の武士道精神を重んじ、コイエットを許し、全員をバタビアに帰国させせます。作者は心憎《にく》い結末で戦争の最後を描《えが》いています。日本人が知らない国姓爺の後半の人生も興味深いのではないかと思います。

作者がこの歴史に興味を抱《いだ》いたのは、ヨーテボルイ沖で一八世紀に座礁《ざしょう》した東インド会社の船の発掘《はっくつ》調査に一九八六年から一九九二年までたずさわったことによります。中国や日本の陶器《とうき》やそのかけらが大量に引き上げられ、想像の世界が広がるきっかけになったということです。

なぜスウェーデンの作者が江戸時代の日本を書けたのかという疑問がわくことでしょう。

リブは作者のファンタジーから生まれたそうです。ひとつの理由として、作者の息子ヤンが日本女性と結婚《けっこん》して日本に住み、今年一〇歳になるお嬢《じょう》さんがいること、このお孫さんの存在によって、青い瞳の少女に血が通ったのだと思われます。

私は歴史の楽しさや面白さを感じながらこの翻訳《ほんやく》にたずさわりましたが、過去を知ることは、未来を豊かにする助けにもなることでしょう。

なお、ヨーロッパで発行された文献《ぶんけん》情報の一部が古いため、日本語版に不適切と思われるところが数か所あり、文章の一部を削除《さくじょ》、修正させていただきました。

日本語版制作のため、作者アニタ・ステイナーさんとは電話やメールの交換《こうかん》により、常に暖かく心強い理解と励《はげ》ましをいただきました。悠書館取締役《ゆうしょかんとりしまりやく》長岡正博氏には多大なご助力をいただき、また編集の小林桂さんにお世話になりました。助けていただいた皆様《みなさま》に、心より感謝申し上げます。

二〇〇七年　秋

武田和子《たけだわこ》

解説

フレデリック・コイエット

フレデリック・コイエットは1620年頃、造幣《ぞうへい》局長官ギリス・コイエットとその妻カトリーヌ・フォン・スタインベルグの息子《むすこ》として、ストックホルムに生まれた。

フレデリック・コイエットとその兄弟ピーター・ユリウス・コイエットは、スウェーデン女王クリスティナから1649年11月、貴族の称号《しょうごう》を与えられた。コイエットはオランダの大学で学んだ。

コイエットは1643年、オランダ東インド会社に雇用《こよう》され、ハーレム号でジャワ島のバタビアまで航海した。バタビアはジャカルタの破壊《はかい》された古い町のあとに、1619年建設された。

1647〜48年、コイエットは東インド会社の交易地であった日本の出島《でじま》へ商館長として赴《おもむ》いた。

コイエットは日本に来た最初のスウェーデン人であり、1647年、東海道を通って江戸へ旅行した。

1652〜53年、コイエットはふたたび出島の商館長として日本を訪れ、4代将軍家綱《いえつな》に謁見《えっけん》した。

1657年、コイエット第12代台湾総督《たいわんそうとく》となる。

1662年、長く血なまぐさい戦いののち、国姓爺《こくせんや》に台湾を譲渡《じょうと》した。

いつコイエットが死んだかは確かではないが、おそらく1689年頃に死去したと考えられている。

コイエットの紋章《もんしょう》

日本

江戸幕府はキリスト教の布教《ふきょう》を禁じ、貿易を管理するために鎖国《さこく》政策を取るようになった。中国、オランダなど外国船の寄港を長崎に制限した。スペイン、次いでポルトガルが来航を禁じられた。最初のオランダ商館は平戸にあったが、1641年に出島へ移された。出島は人工の島で長さ190m幅70mの広さがあったと言われている。この島は長崎の海を埋《う》め立てて扇《おうぎ》状に造られた。

オランダ東インド会社

会社は1602年に創立され〝17人役員会〟の名でも知られている17人のメンバーによって運営されていた。その力はマゼラン海峡、喜望峰《きぼうほう》からジャワにまで及《およ》んだ。その活動の中心はジャワ島にあるバタビア（現在のジャカルタ）であった。

コイエットがバタビアに到着したとき、軍艦《ぐんかん》40隻《せき》の艦隊、交易船150隻および兵士10,000人の軍隊があった。スウェーデン人の傭兵《ようへい》20人もいた。1624年〝17人役員会〟はポルトガルから台湾を奪《うば》った。

台湾は中国からの陶器《とうき》貿易の中心地となり東洋の砂糖倉庫とも呼ばれた。

1634年、ゼーランディア要塞《ようさい》が台湾南部のタヨアン（大員）と呼ばれる砂州《さす》に建設された。

1653年、中国本土からの攻撃《こうげき》からゼーランディアを守るためにプロビンシア要塞が建てられた。

1662年、東インド会社は台湾を失った。

台湾《たいわん》

先住民は南島語族（マレー・ポリネシア系の民族）とされている。

14〜17世紀にかけて福健《ふっけん》や広州《こうしゅう》から中国人（漢人）の移住が増え、先住民は多くが山岳《さんがく》地方に移り住んだ。

Formosa（フォルモサ＝ヨーロッパでの呼び名）という名称《めいしょう》はポルトガル船の航海士に由来すると言われている。16世紀半ばに台湾付近の海上を通過したとき、“Ilha Formosa!”（イラー・フォルモサ）、すなわち〝美しい島！〟と感嘆《かんたん》したという。

台南《たいなん》にはゼーランディア要塞の防壁が今も残っている（国姓爺《こくせんや》は改名して安平鎮《アンペイチン》と呼んでいた）。国姓爺を祀《まつ》った史跡も残り、延平郡王祠《えんぺいぐんおうし》（国姓爺神社）があるほか、プロビンシア要塞（現在は赤嵌楼《チーカンロウ》と呼ばれている）には国姓爺の像も建てられている。また女神媽祖《まそ》を祀った廟《びょう》もあり、今も信仰《しんこう》を集めている。

国姓爺《こくせんや》

母は日本人田川氏の娘まつで、武士の出である。父は福建出身の中国人で後に明《みん》の重臣となった鄭芝竜《ていしりゅう》（鄭一官《ていいっかん》）であった。

芝竜は貿易で日本に渡り、国姓爺の母と結婚《けっこん》した。のちに台湾で海賊《かいぞく》の一味に加わった。

1624年、国姓爺は平戸《ひらど》の千里が浜で生まれた。幼名は福松《ふくまつ》という。

1631年、国姓爺の父は、息子が7歳《さい》のとき、日本から中国に連れ帰った。言い伝えによると、国姓爺は毎日目に涙《なみだ》をためて日本の方を見ては母を想《おも》っていた。

中国では「森《しん》」と改名され、南京《なんきん》の大学で学び、高い学位を得て、儒服《じゅふく》を着ていた。この服装は豊かな学識《がくしき》と深い知恵を意味していた。

1644年、満州《まんしゅう》族（清《しん》）は中国を攻撃《こうげき》し、北京《ぺきん》を征服《せいふく》した。

1645年、明の皇帝が彼を中央軍の大将に就任させ、皇帝の姓《せい》（国姓）を名乗ることを許し、成功《せいこう》と改名した。そのため人々は国姓爺《コウシンヤー》と尊敬の意を込めて呼ぶようになった。オランダ人とポルトガル人はこの名をKoxingaと発音して呼んだ。

1645年、国姓爺の母は中国へ渡った。父はすでに二度目の妻を迎《むか》え、子供たちももうけていた。

1646年、満州軍は中国を征服した。明皇帝は戦争に敗北し、自らの命を絶った。国姓爺の父は清に投降したが幽閉《ゆうへい》され、後に処刑《しょけい》された。父の居城のあった安平鎮は満州軍に占領《せんりょう》されたが、国姓爺の母は逃《に》げることなく、町の城壁《じょうへき》から身を投げて自殺したとされている。

国姓爺は父の部下たちをとりまとめ、抵抗《ていこう》を続けた。南京大戦争で敗北したが、1660年には海上で満州軍の優勢な力を打ち負かした。

1661年5月、国姓爺は戦争の拠点《きょてん》とするために台湾を攻撃した。

1662年2月、台湾を征服（リブが見たコイエットとの戦い）。

1662年、国姓爺病死。

なお、近松門左衛門《ちかまつもんざえもん》作の『国姓爺合戦』は国姓爺をモデルにしている。

国姓爺の肖像画（17世紀）

著者・訳者紹介

作・絵：アニタ・ステイナー　(Anita Bergendahl-Steiner)

photo by Göran Bengtson

スウェーデン第二の都市ヨーテボルイに近いヘルセー島に住む。

1956～1960年ヨーテボルイ美術学校、1974～1978年ホーブドスコウ美術学校、スイス及びフランスで美術を学ぶ。

スウェーデン国内のギャラリーや文化会館で数多くの個展。フロリダで個展。作品はヨーテボルイ海洋博物館、その他、香港、ストックホルム、日本、メキシコの美術館で展示された。作品が美術館、ヨーテボルイ評議会等で所蔵されている。

1745年にヨーテボルイ沖で座礁した東インド会社の「ヨーテボルイ号」発掘調査に参加して、記録を作成した(1986～1992年)。

著書に、子供のための本“Jacob seglar till Kina Ostindiefararen Götheborgs resa 1743-1745”(ヤコブの中国への航海―東インド貿易船ヨーテボルイ号の旅 1743～1745／Bokförlaget Oktant, Sweden 1994)。中国語版(1994年)及び英語版(2002年)も出版されている。

女性の人生に関する2冊の本(Publishing House Three Books, Sweden 1994, 1997)。

本書“Livs äventyr i Japan och på Formosa 1652-1662”『少女リブの冒険―青い瞳で見た17世紀の日本と台湾―』(Bokförlaget Oktant, Sweden 2002)。英語版(2002)。

訳：武田和子（たけだ・わこ）

1938年生まれ。東京女子大学英米文学科卒業後、ストックホルム大学スウェーデン語クラス及びスウェーデン国立コンストファック美術工芸大学装飾画科に学ぶ。1970年ストックホルムで個展を開く。

著書に『人魚姫』『野のハクチョウ』（アンデルセン文庫　岩崎書店）などの挿絵。スウェーデン、デンマークでも出版された創作絵本『魔女と笛ふき』（岩崎書店）、ドイツ、スウェーデン、デンマークで出版されたグリム童話『ねむりひめ』（カールセン社）の絵本がある。

1991年美智子皇后様の文による絵本『はじめてのやまのぼり』（至光社）の絵を担当。

1998年ピクチャーエッセイ『北欧からの花束』が中央公論新社から出版される。

1999年ロンドンで絵本原画の個展（大和日英基金主催、在英日本大使館後援による）。

2004年スウェーデン大使館で油絵個展。

2004年4月号より月刊「読売カルチャーライフ」にエッセイと絵を3年半にわたり連載。

翻訳作品として、1989年『木のなかのふしぎな家』（ウルフ・レーフグレン作　岩崎書店）がある。

原書参考文献・資料など

参考文献：

Verwaarloosde Formosa by Frederik Coyett,1675
邦訳：「閑却されたるフォルモサ」『オランダ東インド会社と東南アジア』大航海時代叢書11　岩波書店　1988年
英語版：Neglected Formosa, translated by D.I.Beuclair
En kort beskrivning på en resa till Ostindien and Japan by Olof Eriksson Willam,1667
（東インド及び日本への旅行記　　O・E・ウィリアム　1667年）
Vägen till Edo by Tore Wreto,1994
（江戸への道　トーレ・レトー　1994年）
Resan til och uti Kejsardömet Japan åren 1775 och 1776 by Carl Peter Thunberg
（日本国への旅　C・P・ツュンベリー）
The Battles of Koxinga by Donald Keene,1951
（国姓爺の戦い　ドナルド・キーン　1951年）
Den förste svensken i Japan by Gunnar Müllern,1963
（日本における最初のスウェーデン人　グンナル・ミュラー　1963年）

資料提供先：

オランダ海洋博物館（アムステルダム）
江戸東京博物館（東京）
東京国立博物館（東京）
神奈川県立歴史博物館（横浜）
延平群王祠（台南）
赤嵌楼（台南）

謝辞：

My son Jan and my daughter-in-law Ikuko,who have patiently piloted me to museums in Tokyo and given me good advice, the author Bo Sigvard Nilsson, and Pia Jarskär who put me on the right track,Göran Bengtson and Mr.Hisashi Tanaka for good advice.
my friend Roina who helped me enter the world of computers,
to Lily Pi,Asia Hotel,Tainan
my friends in Tainan.
to Taipei Mission in Stockholm

The Swedish Institute for Japanese Studies and
The Helge Ax : son Johnson Foundation for awarding the travel scholarship to Holland and Taiwan.

少女リブの冒険

青い瞳で見た17世紀の日本と台湾

2007年11月30日　初版発行

作・絵　アニタ・ステイナー
訳　武田《たけだ》和子《わこ》
装幀　桂川潤　（地図中の文字＝石寺かおり）

発行者　長岡正博
発行所　悠書館
〒113-0033　東京都文京区本郷2-35-21-302
TEL　03-3812-6504　FAX　03-3812-7504
ホームページ　http://www.yushokan.co.jp/

印刷所　明光社印刷所
製本所　小高製本工業

ISBN978-4-903487-13-7
定価はカバーに表示してあります。

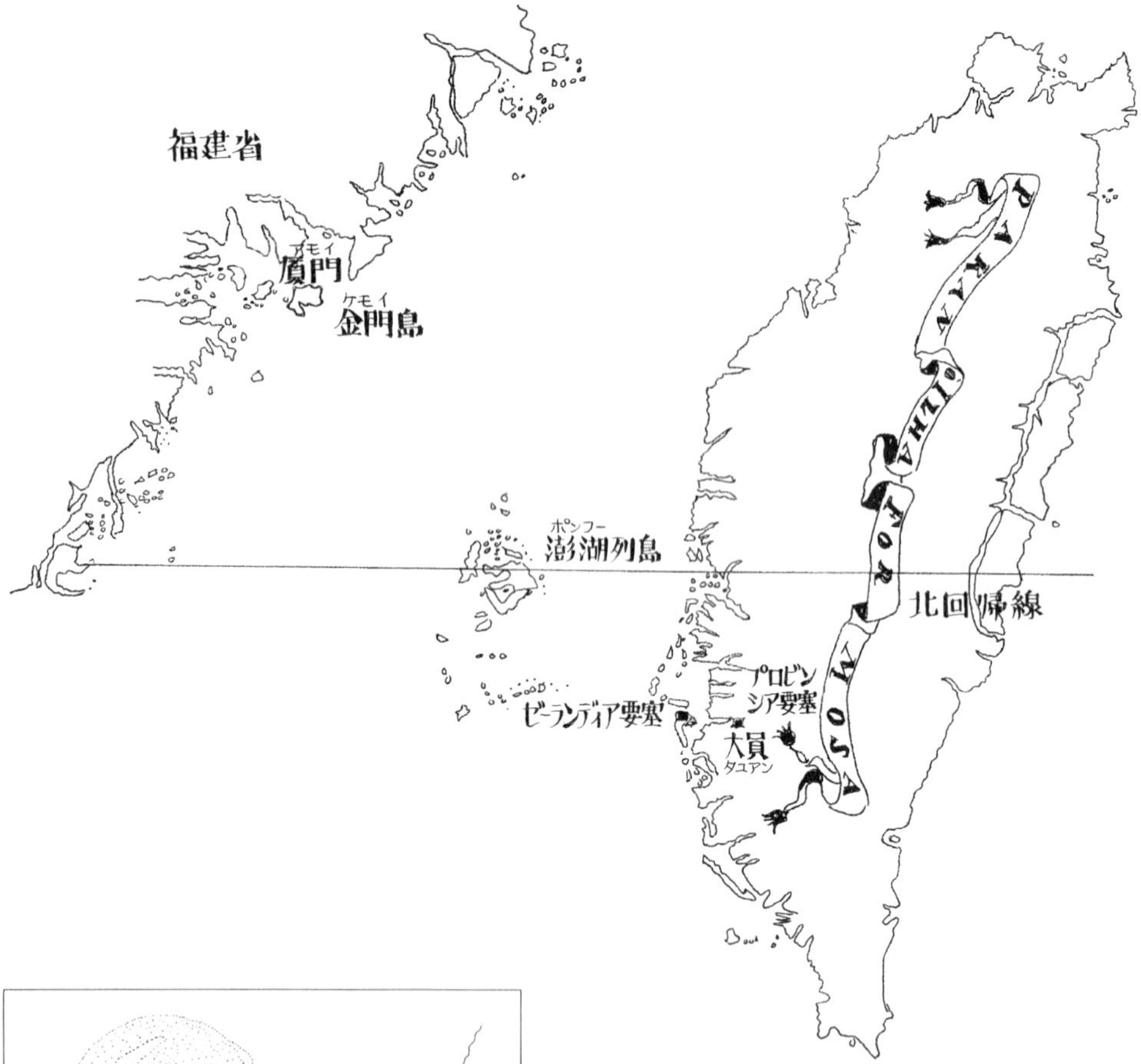

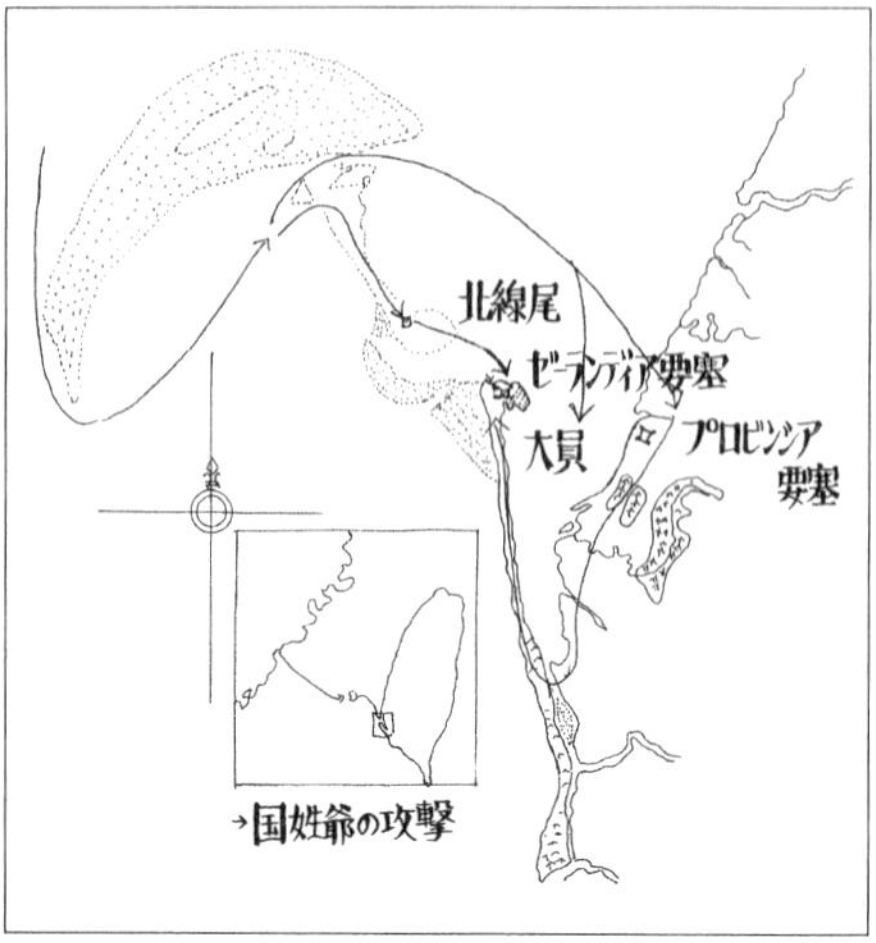

オランダ東インド公社の船で使われた台湾の地図（1602－1799）より